LA PETITE FILLE QUI AVAIT AVALÉ
UN NUAGE GRAND COMME LA TOUR EIFFEL

Romain Puértolas est né le premier jour de l'hiver 1975 à Montpellier. Conscient de la brièveté de la vie, il décide de devenir dresseur de poupées russes et de vivre plusieurs vies en une seule. Tour à tour professeur de langues, traducteur, DJ-turntabliste, nettoyeur de machines à sous, employé dans le contrôle aérien, steward et lieutenant de police, pour ne citer que cela, il déménage 31 fois en 38 ans et vit dans 3 pays différents. Romain Puértolas est d'une curiosité sans bornes. Ainsi, il apprend à piloter un avion en Angleterre, possède un diplôme en météorologie de Météo France, un diplôme de garde du corps en Espagne et plusieurs maîtrises en langues étrangères. Passionné de langues, il parle l'espagnol, l'anglais, et baragouine le catalan, l'italien, le russe et l'allemand, et apprend même le swahili durant son voyage de noces au Kenya. En 2006, il crée et anime un programme d'antimagie sur YouTube (Trickbusters Show) dans lequel il enseigne aux téléspectateurs à développer leur sens critique et logique en leur apprenant les bases de la prestidigitation. Son premier roman, *L'extraordinaire voyage du fakir qui était resté coincé dans une armoire Ikea*, est resté coincé plusieurs semaines à la première place des livres les plus vendus en France et a remporté le Grand prix Jules Verne 2014 et le prix Audiolib 2014 pour le livre audio lu par l'acteur Dominique Pinon. Il est également publié dans une quarantaine de pays. Romain Puértolas travaille en ce moment sur le scénario de l'adaptation cinématographique. Son dernier roman, *Re-vive l'Empereur !*, a paru aux éditions Le Dilettante en 2015.

Paru dans Le Livre de Poche :

L'EXTRAORDINAIRE VOYAGE DU FAKIR
QUI ÉTAIT RESTÉ COINCÉ DANS UNE ARMOIRE IKEA

ROMAIN PUÉRTOLAS

*La petite fille qui avait avalé
un nuage grand comme la tour Eiffel*

LE DILETTANTE

© Le Dilettante, 2015.
ISBN : 978-2-253-09867-6 – 1re publication LGF

*Pour Patricia,
mon unique point fixe dans l'univers.*

*Cette histoire est entièrement vraie puisque
je l'ai inventée d'un bout à l'autre.*
                                    Boris VIAN

Un cœur, c'est un peu comme une grosse enveloppe.
                              Providence DUPOIS

PREMIÈRE PARTIE

Une factrice et sa conception bien particulière de la mayonnaise et de la vie

Le premier mot que prononça le vieux coiffeur lorsque j'entrai dans son salon fut une injonction brève et tranchante digne d'un officier nazi. Ou d'un vieux coiffeur.

— Assis !

Docile, je m'exécutai. Avant qu'il ne le fasse avec sa paire de ciseaux.

Puis il commença son ballet tout autour de moi sans même attendre de connaître la coupe avec laquelle je souhaitais ressortir de son salon, ou la coupe avec laquelle je ne souhaitais précisément pas ressortir de son salon. Avait-il déjà au moins eu affaire à l'afro récalcitrante d'un métis auparavant ? Il n'allait pas être déçu.

— Vous voulez que je vous raconte une histoire incroyable ? demandai-je pour briser la glace et instaurer un climat de convivialité entre nous.

— Dites toujours, du moment que vous arrêtez de bouger la tête. Je vais finir par vous couper une oreille.

Je considérai ce « dites toujours » comme un

grand pas, une invitation au dialogue, à la paix sociale et à l'harmonie entre frères humains, et en même temps j'essayais d'oublier le plus rapidement possible, en vertu de ces mêmes accords de fraternité, la menace d'amputation de mon organe auditif.

— Bien, alors voilà, un jour, mon facteur, qui est une femme, une femme charmante d'ailleurs, s'est présentée à la tour de contrôle où je travaille et m'a dit : « Monsieur Machin (c'est mon nom), il faudrait que vous me donniez la permission de décoller. Je sais que ma requête peut vous paraître insolite, mais c'est comme ça. Ne vous posez pas trop de questions. Moi, j'y ai renoncé depuis que tout a commencé. Donnez-moi juste la permission de décoller de votre aéroport, je vous en prie. » En soi, je ne trouvais pas sa demande si insolite que ça. Je recevais parfois la visite de particuliers ruinés par les écoles d'aviation avoisinantes qui souhaitaient continuer à prendre des heures de vol pour leur compte. Ce qui me surprenait, en revanche, c'est qu'elle ne m'avait jamais parlé de sa passion pour l'aéronautique auparavant. Bon, nous n'avions jamais trop eu l'occasion de causer, ni même de nous croiser (j'alterne des horaires de jour et de nuit), mais quand même. D'habitude, elle se limitait à m'apporter le courrier à la maison dans sa vieille 4L jaune. Elle n'était jamais venue me voir au boulot. Dommage, parce qu'elle était canon, cette fille-là. « En temps normal, mademoiselle, je vous aurais dirigée vers le bureau des plans de vol pour ce type de requête. Le problème, c'est qu'aujourd'hui, le trafic aérien est sens dessus dessous avec ce foutu nuage de cendres et on ne va pas pouvoir prendre en compte les vols privés. Je suis désolé. » Voyant sa mine déconfite (elle avait une très jolie mine déconfite et ça m'a déconfit le cœur), j'ai feint de m'intéresser à son cas : « Vous pilotez quoi ? Cessna ? Piper ? » Elle a beaucoup hésité. On voyait bien qu'elle était gênée, que ma question l'embarrassait. « C'est justement en cela que ma requête est insolite. Je ne pilote pas d'avion. Je vole toute seule. » « Oui, j'avais compris, vous volez sans instructeur. » « Non, non, toute seule, je veux dire, sans appareil, comme ça. » Elle a levé les bras au-dessus de sa tête et a exécuté un tour sur elle-même à la manière d'une danseuse de ballet. Au fait, est-ce que je vous ai dit qu'elle était en maillot de bain ?

— Vous avez omis ce petit détail, répondit le coiffeur maintenant concentré à se battre contre mon afro. Je pensais déjà qu'un contrôleur aérien avait la belle vie, mais là, c'est le pompon !

Le vieux avait raison. Aiguilleur du ciel à Orly, on n'avait pas trop à se plaindre. Même si cela ne nous empêchait pas de le faire de temps en temps en lançant une petite grève surprise. Juste pour que les gens ne nous oublient pas durant les fêtes.

— Bon, eh bien, elle portait un bikini à fleurs, repris-je. Une très belle femme. « Je ne veux pas perturber votre trafic, monsieur le contrôleur, je veux juste que vous me considériez comme un avion de plus. Je ne volerai pas assez haut pour que le nuage de cendres m'affecte. S'il faut payer les taxes d'aéroport, il n'y a pas de problème, tenez. » Et elle m'a tendu un billet de cinquante euros qu'elle a sorti de je ne sais où. En tout cas, pas de sa grosse gibecière en cuir car elle ne l'avait pas sur elle. Je n'en revenais pas. Je ne comprenais rien à son histoire, mais elle avait l'air très déterminée. Était-elle en train de me dire qu'elle pouvait vraiment voler ? Comme Superman ou Mary Poppins ? Pendant quelques secondes, j'ai pensé que mon facteur, enfin, ma factrice, avait perdu la boule.

— Si je résume, votre facteur, qui est une factrice, fait irruption dans votre tour de contrôle un beau jour, en maillot de bain, alors que la plage la plus proche se trouve à des centaines de kilomètres, et vous demande la permission de décoller de votre aéroport en battant des bras comme une poule.

— C'est assez bien résumé, oui.

— Et dire que le mien ne m'apporte que des factures… soupira l'homme en essuyant le peigne sur son tablier avant de le replonger dans ma tignasse en tire-bouchons.

Dans son autre main, des ciscaux cliquetaient sans jamais s'arrêter comme les griffes d'un chien sur un parquet, ou celles d'un hamster dans une roue.

Tout dans son attitude indiquait qu'il ne croyait pas un traître mot de ce que j'étais en train de lui raconter. On ne pouvait pas lui en vouloir.

— Et alors, qu'est-ce que vous avez fait ? me demanda-t-il sans doute pour voir jusqu'où mon imagination délirante pouvait aller.

— Qu'est-ce que vous auriez fait à ma place ?

— Je ne sais pas, je ne travaille pas dans l'aviation. Et puis je n'ai pas l'habitude de voir débarquer des jolies femmes à moitié à poil dans mon salon de coiffure.

— J'étais décontenancé, repris-je en ignorant les blagues du vieux bougon.

— Je pensais que rien ne pouvait décontenancer un contrôleur aérien ! rebondit-il, ironique. Ce n'est pas pour ça qu'on vous paye ?

— Cette vision est un peu surfaite. On n'est quand même pas des machines ! Bref, elle m'a regardé avec ses yeux de poupée en porcelaine et m'a dit : « Je m'appelle Providence, Providence Dupois. » Puis elle a attendu que ses paroles fassent leur petit effet sur moi. On aurait dit qu'elle brûlait sa dernière cartouche. Je pense qu'elle m'a dit son nom pour que je cesse de la considérer comme une simple factrice. J'étais si déboussolé que pendant quelques secondes, j'ai même pensé que c'était… enfin, vous savez, une fille avec qui j'aurais eu une aventure et que je n'aurais pas reconnue. J'ai eu mon petit succès dans ma jeunesse… Mais il n'y avait pas de doute, même sans sa casquette et son petit gilet ringard bleu marine, cette fille super canon, c'était bien ma factrice.

Depuis quelques secondes, le coiffeur avait retiré son peigne et ses ciseaux de mes cheveux crépus et les tenait en suspension dans l'air.

— Vous avez bien dit Providence Dupois ? LA Providence Dupois ? s'exclama-t-il, tout en posant ses instruments sur la tablette en verre devant moi, comme atteint d'une subite et profonde fatigue. C'était la première fois qu'il manifestait un quelconque signe d'intérêt depuis que nous avions entamé cette conversation, enfin, depuis que j'avais entamé ce monologue. Vous voulez dire la femme dont on a parlé dans tous les journaux ? Celle qui s'est envolée ?

— Elle-même, répondis-je, étonné qu'il la connaisse. Mais bien sûr, sur le moment, pour moi, ce n'était que ma factrice. La bombe sexuelle de la 4L jaune.

Le commerçant s'affala sur le fauteuil vide qui se trouvait à côté de moi. On aurait dit qu'il venait de se recevoir une station spatiale sur les épaules.

— Ce jour évoque des souvenirs bien durs pour moi, dit-il en perdant son regard quelque part entre les dalles blanches et noires de son salon de coiffure. J'ai perdu mon frère dans un accident d'avion. Exactement le jour où cette fameuse

Providence Dupois a fait parler d'elle pour cet étonnant événement. Paul, mon frère aîné. Il partait pour quelques jours en vacances au soleil. De courtes vacances qu'il n'aurait jamais imaginées… si longues. Des vacances interminables… Cent soixante-deux passagers. Aucun survivant. Je pensais que Dieu prenait l'avion comme tout le monde. Il a dû arriver en retard à l'enregistrement ce jour-là.

L'homme leva à nouveau la tête. Une lueur d'espoir réapparut dans ses yeux.

— Enfin, parlons de choses plus gaies. Dites, est-ce qu'elle volait vraiment ? Je veux dire, est-ce que vous l'avez vu voler, cette Providence Dupois ? J'ai lu ça dans la presse, mais ils disent tellement de conneries… J'aimerais savoir la vérité, rien que la vérité.

— Les médias n'étaient pas là. Ils se sont saisis de l'événement par la suite et ont tout monté en épingle, alimentant les rumeurs les plus folles. J'ai même vu écrit que Providence avait volé dans sa Renault jaune jusqu'au Maroc et qu'elle avait percuté un nuage ! Ce qui n'est pas très éloigné de la vérité, certes, mais pas exact. Je vais vous la raconter, moi, la vérité, sur ce qu'il s'est passé ce jour-là à Orly. Et, croyez-moi, ce n'est que la partie visible de l'iceberg. Comment ma factrice en est arrivée là et ce qui s'est produit ensuite est peut-être plus impressionnant encore, et a remis bien des choses en question dans mon petit esprit cartésien. Cela vous intéresserait-il de l'entendre ?

Le coiffeur balaya de sa main le salon vide.

— Comme vous voyez, il y a foule, dit-il avec ironie, mais soit, je peux bien m'accorder une petite pause. Allez, ça me changera des sempiternelles histoires de mariage ou de baptême que me resservent mes clientes chaque fois qu'elles viennent se refaire crêper le chignon ! ajouta le vieil homme d'un air faussement détaché, alors qu'il bouillait d'envie de tout savoir.

Et moi, de tout raconter…

Le jour où Providence apprit à marcher, elle sut tout de suite qu'elle n'en resterait pas là. Que ses ambitions étaient tout autres et que cette performance, car c'en était bien une, n'était que le début d'une longue série. Courir, sauter, nager. Le corps humain, cette fantastique machine, recelait d'étonnantes capacités physiques qui lui permettraient d'avancer dans la vie, tant au sens propre qu'au sens figuré.

Du haut de ses sept mois et de ses soixante-huit centimètres cinquante, un désir exacerbé de découvrir le monde de ses propres yeux (de ses propres pieds plutôt) la démangeait déjà. Ses parents, tous deux médecins dans le plus prestigieux hôpital pédiatrique de France, n'en revenaient pas. Dans leur longue pratique de la médecine, ils n'avaient jamais été confrontés à pareil cas. Et voilà que c'était leur propre enfant qui le leur présentait et qui venait chambouler, avec toute l'énergie d'un bébé de quelques mois qui détruit une tour de cubes, toutes leurs belles théories sur l'apprentissage de la marche. Comment leur fille unique pouvait-elle faire ses premiers pas à un âge aussi jeune ? Comment le squelette de ses jambes pouvait-il déjà supporter ce petit corps de Bouddha souriant plein de bourrelets ? Cela avait-il un quelconque rapport avec les six orteils de son pied droit ? Autant de questions auxquelles Nadia et Jean-Claude ne purent répondre, ni sur le moment, ni plus tard. C'était quelque chose qu'ils ne s'expliquaient pas et qu'ils avaient fini par accepter. Sur le coup, sa mère l'avait auscultée. Son père lui avait même radiographié le cerveau. Mais rien n'y avait fait. Tout paraissait normal. C'était comme ça, c'est tout. Leur petite Providence avait marché à l'âge de sept mois. Point. Providence était une petite fille pressée.

Bien évidemment, tout ce qu'ils purent ressentir durant cette étrange période ne fut rien à côté du sentiment qui devait les submerger comme un tsunami, ce jour d'été, trente-cinq ans plus tard, lorsque leur fille se mit en tête d'apprendre à voler.

Situation : Aéroport Orly (France)
Cœur-O-mètre®[1] : 2 105 kilomètres

Vous l'aurez donc compris, au moment où commença cette incroyable aventure, Providence avait trente-cinq ans et sept mois. C'était une femme tout ce qu'il y avait de plus ordinaire, bien qu'affublée de six orteils au pied droit et d'un prénom peu commun pour quelqu'un n'étant pas originaire des États-Unis, qui vivait dans une bourgade du sud de Paris tout ce qu'il y avait de plus ordinaire, et exerçait un métier tout ce qu'il y avait de plus ordinaire.

Elle était facteur.

Bien que l'Académie française autorisât depuis de nombreuses années le mot *factrice*, Providence, qui à la vue de sa profession portait assez bien son prénom après tout, préférait dire *facteur*. Elle

---

1. Invention brevetée par le professeur Alain Jouffre (CNRS) permettant de calculer la distance entre deux cœurs qui s'aiment. En l'occurrence, ici, entre celui de Providence et de Zahera. Marge d'erreur de 3,56 mètres. (*N.d.A., toutes les notes sont de l'auteur.*)

était habituée à ce qu'on lui en fasse la remarque. Pour elle, cette féminisation était une bonne chose et elle se réjouissait que certaines voient en ces quatre lettres l'accomplissement de toute une vie passée à lutter en faveur de la cause féministe, mais, elle, ce n'était pas son truc. C'est tout. Parce que cela faisait cinq cents ans qu'il y avait des *facteurs* et trente que le mot *factrice* existait. Et même aujourd'hui, il continuait de sonner de manière étrange aux oreilles des gens (qui comprenaient quelquefois *actrice*, quand ils ne comprenaient pas *fakir* !) En disant *facteur*, elle s'économisait donc de longues explications, des paroles et du temps, ce qui n'était pas négligeable pour une femme pressée de son espèce qui avait appris à marcher à sept mois.

Voilà pourquoi ce matin-là, debout devant le comptoir de la police aux frontières de l'aéroport d'Orly, alors qu'elle remplissait sa petite fiche de renseignements pour son séjour à Marrakech, c'est tout naturellement qu'elle inscrivit *facteur* dans la case réservée à la profession.

Cette réponse ne sembla pas du goût de la flegmatique fonctionnaire qui révisa le document. Cela se voyait tout de suite sur son visage barbouillé de maquillage bon marché, c'était le genre de femme qui ne manquait aucune occasion de rappeler sa condition féminine, et plus encore aux autres femmes qui semblaient avoir oublié la leur. La policière, moustachue comme un gendarme, avait par contre omis de se raser le philtrum ce matin-là, et sa condition féminine en avait pris un sacré coup.

— Vous avez écrit *facteur*.
— Oui, c'est ce que je suis.
— On peut dire *factrice* maintenant.
— C'est bien.
— Je vous dis ça parce que c'est suspect d'écrire *facteur* quand on est une femme. Quand on lit votre fiche, on s'attend à voir un homme, or, quand on vous regarde, on voit une femme. Ça embrouille. Et nous, dans la police, on n'aime pas trop ce qui embrouille, si vous comprenez ce que je veux dire. C'est pour vous que je dis ça. Moi, je vais vous laisser embarquer, mais je n'ai pas envie que vous restiez bloquée au contrôle d'entrée au Maroc parce que vous avez mis *facteur* au lieu de *factrice*. Ce serait bête. Ils sont spéciaux, vous savez. Là-bas, l'égalité des sexes, c'est pas trop leur truc. Leur truc, c'est plutôt la gravure sur cendrier… ou les poufs en cuir.

Parce qu'avoir de longs poils noirs au-dessus des lèvres quand on est une femme, ça n'embrouille pas peut-être ! pensa Providence. Incroyable ! La poilue se permettait de lui donner des leçons de genre. La moustache était-elle redevenue obligatoire dans la police, comme dans les années trente ? Ou l'agent avait-elle simplement voulu se mettre à la mode qu'avait lancée la grande gagnante barbue de l'Eurovision 2014 ?

— Oui, ce serait bête, se contenta-t-elle de répéter en récupérant sa fiche d'un geste sec et en corrigeant l'objet de la discorde au stylo.

Il valait mieux ne pas trop faire de vagues. Une fois l'erreur rectifiée, elle la tendit de nouveau à la Conchita Wurst en uniforme.

— Là, c'est mieux. Vous passerez le contrôle comme une lettre à la poste, plaisanta la policière. Mais, de toute façon, je ne vois pas pourquoi on chipote puisque je ne sais même pas si vous allez arriver jusque là-bas.

— C'est-à-dire ?

— Ils sont en train d'annuler les vols un par un à cause du nuage de cendres.

— Le nuage de cendres ?

— Vous n'êtes pas au courant ? Il y a un volcan qui s'est réveillé en Islande. Pour une fois qu'on entend parler de l'Islande... faut qu'ils nous fassent chier avec leur volcan !

Disant cela, la femme jeta un violent coup de tampon sur la fiche qui fit frémir un instant sa moustache, puis elle la tendit à la passagère (la fiche, pas la moustache).

— Vous savez quand il s'est réveillé pour la dernière fois ? reprit la policière agacée.

— Je ne sais pas. Il y a cinquante ans ? tenta Providence.

— Plus.
— Soixante-dix ?
— Plus.

— Cent ? s'exclama la factrice qui avait l'impression de devoir deviner le montant de la vitrine du *Juste Prix*.

La fonctionnaire étouffa un petit rire nerveux, l'air de dire que son interlocutrice était bien en deçà de la réalité.

— C'était en 9500 avant Jésus-Christ ! dit-elle pour abréger ses souffrances. Ils l'ont annoncé aux nouvelles. Vous vous rendez compte ? Et il se réveille comme ça, d'un coup. Ah, non, mais vraiment, tout pour nous faire chier, je vous dis ! Son nom aussi, on peut dire qu'il a été inventé pour nous faire chier. Le Theistareykjarbunga. Vous ne pensez pas qu'ils se foutent de la gueule du monde, les Islandais ?

— C'est en Islande ça, le Tatakabounga ?

— Oui. Vous aussi vous trouvez que ça fait pas trop islandais ?

— J'avoue que l'on dirait plutôt de l'africain.

— C'est ce que j'ai pensé aussi, mais africain ou pas, j'espère que vous aurez de la chance. Et que le « machin-bounga » ne vous empêchera pas de partir.

— Il faut absolument que je me rende à Marrakech ce matin.

La factrice faillit ajouter que c'était une question de vie ou de mort mais elle se retint. La policière aurait sans doute trouvé la chose suspecte.

Il existe un roman de Paulo Coelho qui s'intitule *Sur le bord de la rivière Piedra je me suis assise et j'ai pleuré*. Sur le bord du terminal sud de l'aéroport d'Orly, Providence s'assit sur sa Samsonite rose et elle pleura.

Elle pleura plus encore lorsqu'elle s'aperçut qu'en guise de sac à main, elle portait au bras un sac en plastique de Carrefour rempli de détritus. Il semblait lui crier que l'on ne sort pas indemne d'un réveil à 04 h 45 du matin. La préposée se leva aussi vite qu'un diablotin sort de sa boîte, une grimace de dégoût accrochée au visage, et s'en débarrassa, comme s'il s'agissait d'une bombe, dans la première poubelle transparente modèle Vigipirate qui passait par là. Comment avait-elle pu arriver jusqu'ici avec *ça* sans s'en rendre compte ? Son odorat hors du commun avait totalement été inhibé par la fatigue. La fatigue, ça nous fait faire de drôles de choses, pensa-t-elle, affolée à l'idée d'avoir laissé son sac à main à la maison. Le voir pendu à son autre bras la soulagea. On descend les poubelles et puis finalement on les emmène en voyage avec nous.

Providence reprit sa pose du *Penseur de Rodin sur Samsonite rose*.

La policière moustachue avait raison. La moitié des vols avaient été annulés à cause du foutu nuage de cendres qu'avait craché la veille un volcan islandais en éruption. Un comble en ces temps de lutte contre le tabagisme ! Et la situation paraissait loin d'être résolue. Dans quelques heures, l'aéroport tout entier pourrait bien être fermé. Et avec lui, tous les espoirs de Providence partir en fumée, sans mauvais jeu de mots.

Comment un nuage pouvait-il être aussi redoutable ?

Comment une grosse boule de coton, un gros mouton de poussière pouvait-il mettre à mal des machines aussi sophistiquées ? On disait qu'il était aussi dangereux que celui, radioactif, de Tchernobyl qui avait parcouru les cieux européens quelques années auparavant, transformant sur son passage quelques enfants en génies du piano (à trois mains) ou en virtuoses des castagnettes (à quatre testicules), jusqu'à ce qu'il s'arrête, comme par miracle, au-dessus de la frontière française. Par manque de visa, peut-être ?

Les présentateurs des journaux télévisés diffusés sur les écrans de l'aéroport affirmaient que s'ils avaient le malheur de traverser cet amas de cendres, les avions auraient toutes les chances de se crasher, voire de disparaître des radars aussi vite qu'une culotte dans une soirée de Larry Flynt. La hantise du triangle des Bermudes refaisait surface. Ces gros mastodontes détruits par des petites particules de fumée. Insensé. David contre Goliath. Les cendres encrassaient la machine et arrêtaient les moteurs. Dans le pire des cas, tout explosait. Pour ramener tout cela à des échelles plus humaines et plus compréhensibles par le commun des mortels, les journalistes comparaient les effets à ces catastrophes domestiques bien connues du téléspectateur : le filtre défectueux d'une Nespresso toute neuve ou la fourchette en argent de belle-maman oubliée dans le micro-ondes. Boum ! Plus de café, plus de micro-ondes, plus d'avion !

Pourtant, une minorité d'« experts », issus pour certains des plus grands cabinets de consulting, et pour d'autres des cabinets tout court, affirmaient que les aéronefs n'avaient rien à craindre d'un tel nuage. Que la menace était exagérée, comme toujours. Mais les compagnies aériennes n'étaient pas prêtes à risquer leurs appareils et la sécurité de leurs passagers pour une brochette d'illuminés. Il y allait de la survie de leurs finances. Ce n'était pas la peine d'avoir économisé sur les cacahuètes et les olives des plateaux-repas pendant des années si c'était pour écrabouiller ensuite des joujoux à 149 millions d'euros pièce comme de vulgaires avions en papier lancés depuis la fenêtre d'une école. Non, soyons raisonnables.

Alors, comme personne ne voulait tenter le diable, plus personne ne bougeait. La devise du jour de la DGAC[1] ressemblait à une injonction de braqueur de banques : « Tout le monde au sol ! » On accumulait les retards. Le personnel au sol n'osait pas trop annoncer les annulations. Il laissait la vile besogne aux tableaux des départs. Au moins, personne n'essaierait d'étrangler un ordinateur. Les vols disparaissaient donc, un par un, toutes les minutes, comme dans un mauvais tour de magie de David Copperfield. Le riche, pas le pauvre.

Il n'y avait rien à faire, si ce n'est attendre.

Or, Providence ne pouvait plus attendre.

Chaque seconde qui passait était une seconde de vie perdue pour Zahera. Car la maladie progressait à pas d'ogre et l'hôpital, là-bas, n'avait pas les moyens techniques de s'en occuper. La petite fille ne devait donc son salut qu'à sa volonté de fer, et à l'espoir, maintenant, que sa maman vienne la chercher au plus vite.

Providence tourna entre ses doigts la fiche bleue que l'on venait de lui signer. Le sésame. L'aboutissement de plusieurs mois de procédures interminables pour ramener cette enfant en France. Et voilà qu'après le rouleau compresseur

---

1. Direction générale de l'aviation civile.

administratif, c'était maintenant aux éléments de se déchaîner contre elle. Pourquoi tout le monde prenait-il un malin plaisir à lui mettre des bâtons dans les roues de sa vieille 4L de factrice ? Chaque seconde qui passait était une seconde de vie qu'on lui arrachait encore de sa fille. C'était trop injuste. Injuste à en chialer. Injuste à en casser des vitres.

Pour se calmer, la jeune femme plongea sa main dans son sac et en sortit un lecteur MP3 de petite taille. Elle avait troqué ses paquets de cigarettes contre le petit appareil le jour où le gouvernement avait décidé de mettre des photos de poumons et de foies malades sur les emballages. La musique était tout de même meilleure pour la santé, et on n'en était pas encore à coller des vignettes de gens sourds sur les Walkman ! Tremblante, elle mit les écouteurs dans les oreilles et appuya sur le bouton *Play* tout en balançant sa tête en arrière comme si elle venait de s'adosser au lavabo de son coiffeur et s'attendait à ce que celui-ci apparaisse là, d'un moment à l'autre, pour lui prodiguer un merveilleux massage capillaire.

Et alors que la chanson de U2 démarrait là où elle l'avait laissée en arrivant à l'aéroport (« *in a little whiiile, in a little whiiile, I'll be theeeere* »), Providence vit le visage et le sourire de Zahera se refléter sur la grande baie vitrée du terminal. Oui, comme le chantait Bono, dans un court instant, elle serait là-bas. Là-bas, à côté d'elle. Il fallait relativiser, c'était déjà un miracle si la petite

Marocaine avait tenu jusqu'à aujourd'hui. Sept ans déjà, alors qu'on ne lui en avait donné que trois à vivre. Elle tiendrait bien un *little while* de plus. « *Man dreams one day to fly, a man takes a rocketship into the skies.* » Oui, si seulement elle avait eu une fusée…

Je viens te chercher, mon amour, murmura Providence, ignorant les regards moqueurs des touristes qui passaient à côté d'elle. Peu importe le prix, peu importe le moyen, rien ne m'empêchera de venir te chercher aujourd'hui. Tiens bon, mon ange. La lune ne se lèvera pas sans que je sois à tes côtés. Je te le promets. Même si je dois apprendre à voler comme un oiseau pour venir te chercher.

Jamais Providence n'aurait pensé qu'elle serait si près de la vérité en prononçant de telles paroles.

Au même moment, à des milliers de kilomètres d'Orly, Zahera, le menton dépassant seul du drap comme la barbe du capitaine Haddock dans *Coke en stock*, était en train de contempler la constellation phosphorescente collée sur son plafond blanc dénué de nuages. Elle avait reproduit au-dessus de sa tête l'alignement précis de la Grande Casserole à l'aide de minuscules répliques d'étoiles en plastique qui avaient cette spécificité de briller comme des milliers d'étoiles de shérif fraîchement lustrées lorsqu'on éteignait la lumière.

Les vraies, elles, ne brillaient pas. Zahera en savait quelque chose puisque Rachid lui avait offert un morceau d'étoile qu'il avait trouvé par hasard dans le désert. Il paraît qu'il en tombait quelquefois. La pierre grisâtre avait cette propriété de ne plus émettre de lumière une fois plongée dans le noir. C'était une question de radiation, selon le kiné. Le bout d'étoile, une fois amputé et loin de ses congénères moléculaires, ne brillait plus. Un jour qu'elle était occupée à observer le caillou, pas plus grand que sa main, la petite fille avait pu lire une mystérieuse inscription sur l'une de ses faces irrégulières et tranchantes. *Made in China*.

— Qu'est-ce que ça veut dire ? s'était-elle empressée de demander à Rachid.

— Oh, ça ? C'est de l'anglais, avait répondu le kiné, gêné. Ça veut dire que c'est fabriqué en Chine.

Il avait acheté la contrefaçon dans un petit bazar de la ville. La fillette, qui n'était jamais sortie de son hôpital, et qui connaissait en conséquence bien peu de choses sur notre monde, l'avait cru, car elle avait tendance à faire confiance aux grandes personnes.

— Ah, les étoiles du ciel sont fabriquées en Chine, avait remarqué Zahera, sous le regard étonné de Rachid, qui venait de s'apercevoir que la confession de son crime n'avait pas eu le résultat escompté.

Touché par une si belle manifestation d'innocence, il n'avait pas trouvé la force de la contredire. Bien au contraire. Il en avait même rajouté un peu.

— Leur drapeau est d'ailleurs composé de cinq étoiles jaunes sur un fond rouge. C'est dire l'importance que peut avoir cette industrie dans leur pays !

Persuadée, dès lors, que les Chinois construisaient des tonnes d'étoiles qu'ils propulsaient dans le ciel pour illuminer les hommes du désert du Maroc la nuit, elle les remerciait, tous les soirs avant de s'endormir, dans des prières qu'elle inventait pour eux. Elle les remerciait d'être si généreux avec son peuple.

Un jour, elle sortirait de cet hôpital miteux de la banlieue de Marrakech pour entreprendre un fantastique voyage. Elle grimperait à bord de l'Orient-Express qui, en dépit de son nom, ne desservait pas la Chine, et elle se rendrait dans ce pays où des hommes et des femmes aux yeux bridés, organisés comme des centaines de milliers de fourmis minutieuses, propulsaient dans l'espace, à l'aide de puissants canons, des cailloux lumineux de la taille d'une orange qui venaient découper, de leurs arêtes tranchantes, la toile bleu marine du ciel nocturne.

À cette heure-ci de la matinée, les étoiles ne scintillaient déjà plus mais elles avaient au moins le mérite de jeter un peu de fantaisie dans ce triste dortoir d'hôpital. Entre ces murs gris, la Marocaine avait passé la quasi-totalité de sa courte existence. Alors, depuis que Providence lui avait offert ces étoiles, également *Made in China*, elle levait les yeux vers le plafond dès la nuit tombée et y voyait le ciel. Elle y voyait surtout des centaines d'yeux brillants et pétillants comme ceux de sa nouvelle maman, la seule d'ailleurs puisque l'autre était morte à sa naissance. Les petits points lumineux scintillaient comme autant de clins d'œil complices.

La Grande Casserole.

Elle adorait ce nom car il réunissait ses deux passions, la cuisine et l'espace. Plus tard, elle serait pâtissière-spationaute. Elle en était convaincue. En apesanteur, il était bien plus facile de réaliser des soufflés ou de monter des œufs en neige. Mais ça, c'était son idée à elle. Son secret. Cela lui paraissait évident, mais personne ne semblait y avoir jamais songé. Le problème, c'est qu'elle n'atteindrait peut-être jamais ce « plus tard ». Et ce qu'il y avait de plus grave, c'était que si la mort arrivait plus tôt que prévu, on ne se souviendrait pas d'elle comme la première pâtissière-spationaute au monde, mais comme la petite fille malade qui était morte un jour d'été sous un plafond d'étoiles en plastique dans un hôpital miteux de Marrakech.

Alors, elle essayait de tenir bon pour faire mentir les docteurs. Pour faire mentir la maladie. Ses bras avaient beau être encore frêles, comme les jeunes pousses d'un arbre, son esprit était composé d'un alliage de métaux indestructibles. Car l'esprit était bien plus fort que le corps. Toujours. La bonne humeur aussi. Un sourire, un rire cassaient tout sur leur passage comme un gros bulldozer, ils cassaient la maladie, ils pulvérisaient la tristesse. Quand nous perdons nos bras et nos jambes comme des poupées déglinguées, quand la vie nous arrache d'un violent coup de ciseaux le visage et le cœur, quand les hommes perdent leur sexe et les femmes leurs cheveux et leurs seins, quand nous perdons tout ce qui fait de nous des êtres humains, quand nous perdons nos yeux ou nos oreilles, nos poumons, quand nous redevenons des nouveau-nés, quand nous nous faisons à nouveau dessus, quand on nous remet des couches et que des inconnus essuient, au petit matin, la merde que nous laissons dans nos draps d'hôpital durant la nuit, quand nous ne pouvons plus nous laver nous-mêmes, quand de l'eau bouillante nous enlève le peu de peau qu'il nous reste, que la vieillesse nous casse les os, que les larmes nous brûlent les yeux et que nous n'avons pas encore perdu la tête, alors il est bon de rire, de sourire et de se battre. Le rire, c'est le pire qui puisse arriver à la maladie. Lui rire au visage. Ne jamais perdre espoir. Ne jamais abandonner. Car l'aventure n'est pas terminée. Ne jamais se lever de son siège et sortir de la salle de cinéma avant que le film ne soit terminé car la fin réserve souvent des surprises. De bonnes surprises. Le *happy end*. Quelquefois, la vie nous cloue, plus ou moins tôt, dans un lit. Mais tant qu'un petit filet de vie coule encore dans nos veines, tant qu'un mince fil, pas plus épais qu'un fil de couture, nous relie encore à la vie, nous sommes vivants. Vivants et forts. Forts même faibles, car de la belle race des vivants. Voilà pourquoi Zahera se battait. Pour voir la fin du film. La belle fin. Elle se battait comme une femme. Une femme forte et belle. Une femme extraordinaire qui n'a pas renoncé et ne renoncera jamais à la beauté d'être vivante.

Dans un ouvrage que lui avait offert Providence, *L'immense pouvoir de votre prénom sur votre vie*, elle avait pu lire que « les Zahera se battent avec force pour leur bonheur et celui de l'humanité, elles sont patientes et ce sont des amies d'une grande fidélité ».

Et elle en était persuadée.

Elle prouverait à tout le monde que l'on peut encore avoir des rêves après avoir avalé un nuage et qu'elle deviendrait cette première pâtissière-spationaute.

Avaler un nuage, c'était Providence qui avait trouvé cette expression pour parler de sa maladie, la mucoviscidose. C'était bien trouvé. Ce que la petite fille ressentait au fond des poumons, c'était un peu ça, une douleur vaporeuse et sournoise qui l'étouffait légèrement mais sûrement, comme si elle avait avalé, un jour, par inattention, un gros cumulonimbus et qu'il était resté, depuis, coincé en elle. Chaque matin, elle petit-déjeunait des nuages à la fraise. Elle les versait dans son bol comme les autres enfants y versent des céréales. Des céréales qui lui auraient irrité la gorge et qu'elle aurait été obligée d'avaler sans rechigner. Certains étaient allergiques aux cacahuètes ou aux huîtres, elle, elle l'était à ces nuages grands comme Paris qui naissaient au plus profond de sa poitrine. D'ailleurs, quelquefois, c'était un peu Paris elle-même qu'elle avait l'impression de manger. Avec ses ponts en pierre, ses maisons aux grands toits haussmanniens, avec ses musées en verre et sa tour Eiffel. Chaque matin, c'était Paris, qu'elle dévorait, brique par brique. C'était la tour Eiffel, qu'elle engloutissait, boulon après boulon. Avec tous ses étages et ses restaurants. Trois cent vingt-quatre mètres de nuage. Les morceaux de ferraille, de brique et de verre lui écorchaient les bronches comme du barbelé et elle pleurait. Alors il pleuvait sur la capitale française. Chaque matin, c'était un pays entier qu'elle avalait. Et il pleuvait sur le monde.

Malgré sa maladie, Zahera considérait qu'elle avait de la chance. À l'étage supérieur se trouvait un petit garçon atteint d'un mal bien plus sournois, une drôle de maladie à laquelle les médecins avaient donné le nom de syndrome d'Ondine. Selon la légende, la nymphe Ondine, pour punir son mari, l'avait condamné à ne plus pouvoir respirer automatiquement, ce qui le tua dès qu'il s'endormit pour la première fois. Le syndrome d'Ondine, un bien joli nom pour une horreur. Les docteurs étaient cruels. Comme s'il avait fallu mettre de la poésie sur tout, même sur la mort. En somme, chaque fois qu'il s'endormait, le corps de Sofiane, tel le mari d'Ondine, oubliait de respirer. Comme s'il avait été nécessaire d'être conscient pour respirer. Comme si l'enfant avait besoin à chaque seconde de donner l'ordre à ses poumons de se remplir puis de se vider. Inspiration, expiration. Inspiration, expiration. Je respire donc je suis. Sofiane vivait jour et nuit branché à une machine, comme un robot. Un petit robot de quatre ans et demi aux poumons de verre.

Comme quoi, il y avait toujours plus malade que soi sur cette Terre. Et se rendre compte de cela permettait de relativiser, de se dire que finalement, on avait beaucoup de chance, que les choses pourraient être bien pires. Et voir Sofiane rire et jouer comme n'importe quel petit garçon de quatre ans et demi donnait des frissons dans le dos. Le voir rire aux éclats, ses tubes en plastique dansant dans ses petites narines, le voir rire de toutes ses dents en écoutant une blague, le voir s'émerveiller devant un coucher de soleil, le voir crier de joie lorsque les aides-soignants le descendaient dans le jardin pour une heure ou deux, le voir relire pour la centième fois le seul et unique recueil de contes dont disposait l'hôpital. C'était une belle leçon de vie qu'il donnait là. Chaque jour. Chaque soir, avant que la machine ne prenne le relais de ses poumons pour qu'il n'oublie jamais de respirer pendant qu'il rêve. Pendant qu'il rêve qu'il n'a plus jamais à penser à respirer.

Après tout, elle, elle n'avait qu'un nuage.

C'était beau, un nuage.

Peut-être que son goût pour la météorologie et son souhait de devenir pâtissière-spationaute lui venaient de ce mal. Apprendre à connaître ce nuage, c'était un peu apprendre à l'apprivoiser, à le dominer, et à réduire la souffrance. Mais c'était dur à apprivoiser, un nuage. Il fallait déjà l'attraper. Or, même en courant vite à la surface de la Terre, on n'arrivait jamais à courir plus vite qu'eux. Elle avait déjà essayé. Et puis on ne lui avait jamais appris à dompter les nuages. Au Maroc, on n'apprenait pas aux gens, et encore moins aux femmes, à dompter les nuages. Et c'était bien dommage.

Alors, elle en était arrivée à la conclusion que tout là-haut, dans son oasis dans les étoiles *Made in China*, dans l'espace, elle ne serait plus malade. Parce que son nuage, gigantesque vu d'ici-bas, ne serait pas plus grand qu'un de ses cheveux, une fois vu depuis la station spatiale. Elle pourrait même cacher la planète tout entière derrière son petit doigt posé sur le hublot. C'était le miracle des perspectives. Et puis, de toute façon, il n'y avait pas de nuages dans l'espace, parce qu'il n'y avait pas d'air et donc pas de condensation de molécules d'air. Il faisait toujours beau au-dessus de la tropopause. Toujours soleil.

Mais le temps d'un voyage spatial n'était pas encore venu et ces derniers jours, le maléfique nuage était redevenu sauvage. Les crises, beaucoup plus violentes chaque fois, se rapprochaient de plus en plus. Il fallait qu'elle tienne bon. Et c'était d'autant plus facile maintenant qu'elle savait que sa mère viendrait la chercher pour la ramener avec elle en France. La dernière fois qu'elle était venue, car elle venait souvent la voir, Providence lui avait montré des photos de sa chambre et de ses jouets qui l'attendaient là-bas, à Paris, la ville de Mickey et d'Euro Disney. Elle lui avait dit qu'elles allaient bientôt pouvoir grimper sur les montagnes russes ensemble et s'habiller comme les princesses des contes, parce que les juges lui avaient enfin donné le droit d'adoption, et que cela signifiait qu'elle était devenue sa maman aussi aux yeux de la loi.

Le jour où elle avait appris cela, la fillette avait bondi du lit et galopé dans tout le dortoir en criant la bonne nouvelle, diffusant un parfum de bonheur autour d'elle qui avait fait naître un sourire sur toutes les lèvres et fait oublier un instant les soucis de santé qui touchaient chacune de ces femmes.

Oui, il fallait tenir bon. Tenir jusqu'à ce que maman arrive. Elle lui avait promis qu'elle viendrait la chercher aujourd'hui. Ces derniers temps, la petite fille n'avait vécu que pour cette attente. Elle n'avait vécu que pour cette seule journée. Ce jour où elle allait enfin commencer à vivre. On effaçait ces sept années de souffrance d'un grand coup de gomme Mallat et on repartait pour un nouveau tour de manège. Excitée à l'idée de quitter cet endroit, la fillette n'en avait pas dormi de la nuit. Dans le calendrier Hello Kitty que la jeune Française lui avait offert, toutes les cases étaient barrées d'une croix et la date d'aujourd'hui était entourée d'un cercle tracé au vernis à ongles rose. Un vernis à paillettes de princesse.

Prise d'une violente quinte de toux, Zahera se plia en deux dans son lit et cracha dans une bassine un liquide épais et rougeâtre. Ça y est, le nuage se réveillait, ce maudit nuage qu'elle avait avalé quand elle n'était encore qu'un bébé et qu'elle trimballait partout avec elle. Il lui faisait payer d'être si heureuse. Et chaque fois que cela arrivait, elle essayait de se convaincre que ce n'était que de la confiture de fraises qui s'écoulait de ses lèvres, un joli coulis de fraises des bois, que ses poumons étaient remplis de confiture. C'était un peu plus supportable de penser cela. Même si cette confiture-là lui déchirait la poitrine. Une marmelade d'orties. Et même si cela faisait mal, elle se forçait à penser que c'était un bon nuage après tout et qu'elle avait de la chance car il la laissait vivre alors que d'autres, plus terribles, terrassaient des enfants partout dans le monde. Oui, il était gentil le sien, même s'il se transformait de temps en temps en confiture de fraises au fond de la poitrine. Il fallait juste s'imposer et ne pas lui laisser prendre trop de place dedans, lui crier « stop ! » quand il écrasait tout autour de lui comme un pachyderme dans un magasin de porcelaine. Maman, viens vite, je t'en prie, murmura-t-elle, vidée de ses forces, avant de se laisser retomber comme un sac de pommes de terre sur ses draps humides. L'éléphant venait de s'enfuir d'elle en cassant toute la vaisselle à l'intérieur.

Situation : Aéroport Orly (France)
Cœur-O-mètre® : 2 105,93 kilomètres

Lorsque, lancée dans une vendetta contre tout ce qui ressemblait de près ou de loin à l'uniforme bleu de Royal Air Maroc, elle s'en fut prise à trois hôtesses de l'air de la bonne compagnie, deux de la mauvaise, et à une femme de ménage, Providence ne put s'en prendre qu'à elle-même, car le maudit nuage de cendres était bien trop haut dans le ciel pour pouvoir sauter jusqu'à lui et le balayer d'un coup de bras. Un nuage de cendres, les fumeurs nous feraient vraiment chier jusqu'au bout ! À force de balancer leur fumée dans l'atmosphère, c'est eux qui l'avaient créé ce monstre noir. Le volcan n'était qu'un prétexte inventé par les fabricants de cigarettes. Ah, elle avait bon dos, l'Islande ! Qui s'en plaindrait ? Sûrement pas les Islandais, on ne savait même pas s'ils existaient. Vous en connaissez, vous ? Vous savez à quoi ça ressemble, un Islandais ? Des scientifiques ont prouvé qu'au cours de notre vie, nous avons plus de chances de tomber sur le Yéti que sur un Islandais…

Si Providence avait été un géant, elle lui aurait

foutu une sacrée trempe à ce gros cendrier ambulant ! Perchée sur ses talons hauts, elle aurait pris un aspirateur gigantesque et aurait fait le ménage du ciel plus vite qu'elle nettoyait son appartement le dimanche matin en écoutant Radio Bossanova.

Mais elle n'était pas une géante et son aspirateur n'était pas plus grand que sa Samsonite format spécial cabine. Et puis on ne lui avait jamais appris à dompter les nuages, que ce soit à l'aspirateur ou au lasso. En France, on n'apprenait pas aux femmes, et encore moins aux factrices, à dompter les nuages. Et c'était bien dommage.

Non, pour la première fois de sa vie, la factrice ne pouvait qu'attendre, ce qu'elle détestait plus que tout au monde, elle, la femme pressée qui avait appris à marcher à sept mois. Se calmer aussi, ce qu'elle n'aimait pas beaucoup plus. Elle fit donc un effort surhumain et alla s'asseoir à la première cafétéria qui croisa son chemin. Elle fut tentée de sortir son MP3, qu'elle avait rangé dans la poche de son jean, de se fourrer les écouteurs dans les oreilles et de se balancer un morceau de Black Eyed Peas à plein volume, mais elle préféra commander un thé bien chaud.

« Agité, pas touillé » faillit-elle ajouter, à la manière de James Bond. Mais le cœur n'y était pas. Alors elle grogna : « Un thé bien chaud ! » sans même dire s'il vous plaît, puis elle s'excusa d'être aussi grossière. Elle n'avait pas le droit de se comporter ainsi. Ce n'était de la faute de personne après tout. C'était de la faute du nuage. De la faute de la vie.

C'était juste que Zahera mourait et qu'elle, elle buvait un thé.

Un thé dégueulasse. Un thé d'aéroport que l'on paye une fortune.

Toutefois, aussi mauvais qu'il pût être, le bouillon d'eau chaude eut le mérite de la calmer. Elle aurait préféré boire des piscines de café à la place. Elle aurait ventilé plus de sacs de café qu'il n'y en a dans une publicité de Jacques Vabre, d'un trait, avec un entonnoir. Mais elle avait arrêté, tout comme la cigarette. Et puis, elle devait se tranquilliser. Or, ce n'était pas, à proprement parler, la fonction première (ni seconde d'ailleurs) du petit liquide noir.

Elle attendit quelques minutes encore.

Dans ce jeu de patience, elle venait d'arriver à la fin du niveau et elle grimpait au suivant. L'effort surhumain était devenu un effort divin. On lui donnerait bientôt une médaille, on la canoniserait. On la rebaptiserait sainte Patience.

Oui, on pouvait parler d'effort surhumain, car elle était habituée à tout contrôler et à ne jamais se laisser porter par les événements. Au travail, c'était elle qui gérait les tournées de courrier. C'était elle qui décidait par où les facteurs du quartier commençaient et par où ils terminaient la journée. Elle imposait son rythme. C'était le petit luxe d'un facteur de quinze ans d'expérience. Elle décidait si elle prenait son temps, les jours de soleil, ou si elle fonçait, lorsqu'elle n'avait pas le moral. Mais ces derniers temps, le soleil brillait tous les jours dans son cœur car le moment où elle irait chercher Zahera approchait à grands pas. Cette enfant l'avait fait renaître. À trente-cinq ans. C'était si inattendu pour elle. La grande ambition de sa vie avait été jusque-là de chercher à améliorer la recette paternelle de la mayonnaise sous le regard bienveillant que lui lançait le chef étoilé Frédéric Anton à travers l'écran de sa télévision les soirs de MasterChef. Parce que la vie, c'était un peu comme la mayonnaise. Faite de choses simples, comme des jaunes d'œuf et de l'huile, et qu'il ne fallait surtout pas brusquer mais qu'un effort régulier transformait en le plus savoureux des mélanges. Cela l'aidait à calmer ses nerfs et cette hâte innée qui la dévorait. Alors oui, Providence était persuadée qu'en améliorant sa recette de la mayonnaise, c'était sa vie qu'elle améliorerait.

L'apparition de Zahera était une grande amélioration. Elle qui pensait passer le reste de sa vie seule, sans progéniture à qui léguer sa recette. Ce n'était pas une histoire de mecs. Les hommes, elle n'avait qu'à tendre le bras pour les cueillir. Non, c'était quelque chose de plus profond. L'instinct de mère. Avoir un petit bout d'elle toujours avec elle. Un petit bout d'elle qu'elle laisserait sur cette Terre lorsqu'elle devrait la quitter et qui laisserait à son tour un petit bout d'elles deux plus tard.

Or, elle avait dû accepter l'idée qu'elle n'aurait jamais d'enfant après qu'on lui avait retiré le dernier morceau d'utérus. Le cancer, dans sa grande magnificence, lui avait laissé le choix. Ou bien c'était elle qui y passait, ou bien c'était son désir d'un jour procréer. Elle avait traversé des temps difficiles, mais à la fin, elle l'avait vaincue cette saleté. Elle serait mère aujourd'hui, quoi que son cancer en pense. Un bout de papier le certifiait. Elle avait réussi à passer outre son corps. Elle venait d'accoucher d'une jolie petite princesse marocaine de sept ans. Elle venait de devenir mère sans passer par la case « biberons, pleurs et insomnies ».

Elle souffla, les yeux pleins d'étoiles pétillantes.

Comme dans la jolie chanson de Cabrel, elle savait déjà qu'entre elle et Zahera, plus il y avait d'espace et moins elle respirait, comme si, elle aussi, avait avalé un nuage.

Le souvenir de leur rencontre lui décrocha un sourire. C'était une appendicite qui l'avait précipitée dans les bras de Zahera lors d'un séjour à Marrakech. La Française avait atterri dans un établissement médical de seconde zone, sans trop de moyens, dans la banlieue est de la ville, à l'étage des femmes. Elle avait été projetée en un battement de cils dans l'envers du décor. Ici, plus de touristes, plus de Français en short et en sandalettes, plus de jolies choses à prendre en photo, plus de pension complète. Son bracelet

« tout inclus » ne lui servait plus à rien. La vodka à volonté s'était transformée en eau du robinet, à peine potable et limitée. Parce qu'ils n'avaient pas d'eau en bouteille pour tout le monde. Et puis cette chaleur étouffante. Elle avait regretté la climatisation de sa chambre quatre étoiles. Les premières heures seulement, car, par la suite, elle avait trouvé son bien-être dans quelque chose de plus profond, de plus spirituel. C'est triste à dire, mais on ne connaît jamais bien un pays si l'on n'y a pas séjourné dans un hôpital. Là, impossible de masquer la réalité des choses. La peinture rose dont l'on peint les murs du tourisme s'écaille et tombe, révélant le ciment gris et les briques.

La vie l'avait brusquement arrachée de ces endroits qui vous donnent l'illusion d'être riche. Cette drôle de sensation qui commence lorsque vous donnez un pourboire au porteur de bagages de l'hôtel, un luxe à une époque où les mallettes sont petites, légères... et roulent. Riche, c'était du moins ce qu'avait ressenti Providence en glissant le billet de vingt dirhams marocains dans la main de l'homme. Elle ne roulait pas sur l'or, mais il y avait toujours quelqu'un de plus pauvre que soi. Et ne pouvait-on pas considérer que même le plus pauvre des clochards européens était plus riche qu'un petit Éthiopien qui n'avait pas la chance de voir quelques pièces tomber dans son gobelet, de voir quelque morceau de pain tomber dans son ventre vide ?

Une insignifiante appendicite avait projeté Providence dans les coulisses d'un petit bout de société marocaine. La société féminine malade, car ici, on ne mélangeait pas les sexes. Chacun avait son étage. Mais ce qui avait peut-être le plus impressionné la jeune Française était que ces femmes l'avaient considérée, une fois la surprise passée, comme l'une des leurs à part entière. Elle avait vu ces vieilles qui couvrent toutes les parties de leur corps sauf leur cœur et leur sourire, qu'elles vous offrent, ces femmes qui ont perdu un mari, un enfant, ces quinquagénaires encore belles qu'un accident de la route a estropiées à vie, emportant une jambe, un bout de visage. Et puis cette petite fille, si belle dans un univers ravagé, pas de son âge, cette petite princesse qu'une impitoyable maladie avait clouée dans ce dortoir presque depuis qu'elle était née et que la vie semblait avoir oubliée. Ici, elle était un meuble de plus. Qu'attendait-elle là ? Elle ne le savait pas elle-même.

Si Providence avait eu cet aspirateur de nuages, elle en aurait profité pour faire le ménage dans la poitrine de la petite aussi. Elle lui aurait dégagé les bronches à son enfant chérie. Elle l'aurait attrapé, cet amas vaporeux, et elle l'aurait enfermé à jamais dans une boîte à chaussures. Les nuages, c'était quand même mieux dans les boîtes à chaussures que dans la poitrine des petites filles.

En tout cas, le sort avait bien fait les choses. Il avait réuni l'une à côté de l'autre, dans des lits dont les draps s'effleuraient, une femme désireuse de devenir mère mais ne le pouvant plus et une fillette sans maman. On peut dire qu'elles étaient nées pour s'entendre.

Providence serra les poings, le regard perdu dans son gobelet en plastique.

Et voilà qu'aujourd'hui, elle mettait la vie de son enfant entre des mains étrangères ! Elle était devenue tributaire d'un vol, tributaire d'un avion, d'un nuage. Oui, la vie de Zahera dépendait maintenant de deux nuages. Celui qui lui brûlait les entrailles et celui qui bouchait le ciel. Le cul entre deux nuages, en somme.

D'autant plus que ce qui était en train d'arriver ne concernait qu'une infime partie du globe, les pays scandinaves, la France et le nord de l'Espagne. Le reste du monde vivait tranquille, étranger aux tribulations de cet amas de cendres. Elle se trouvait du mauvais côté de la planète. Voilà tout.

Lorsqu'une nouvelle larme tomba dans son thé, provoquant une onde circulaire qui troubla un instant son reflet, la jeune femme décida qu'elle devait reprendre les choses en main et se battre. Quand une guerre fait rage non loin de chez nous, il nous appartient toujours de choisir si nous voulons nous lancer dedans ou si nous souhaitons n'en rester que simples spectateurs. Et Providence ne se connaissait pas d'ancêtres suisses.

Zahera était tombée amoureuse de Providence dès le premier instant.

Parce qu'elle venait de « là-bas », que c'était une Européenne et qu'on n'en voyait jamais ici, dans cet hôpital. Parce qu'elle était belle aussi et que l'on pouvait lire une grande force sur son visage. Belle, même si elle était arrivée jusque-là portée sur une civière, encore comateuse, la bouche pâteuse et les yeux chassieux.

La petite fille, qui était très curieuse, avait appris de l'infirmière que la nouvelle venue avait eu « l'appendicite », explication du mot à l'appui.

— C'est une infection de notre appendice, un petit bout de nous qui ne sert à rien et qu'il faut retirer lorsque cela arrive. C'est une petite opération de rien du tout.

L'enfant sembla soulagée. Mais autre chose la tracassait.

— Ce serait un peu comme un sixième orteil ?
— Un peu. Cela ne nous servirait à rien. Déjà

qu'un orteil, ça ne sert à rien. Enfin, ça sert à acheter du vernis à ongles...

— Et pourquoi on l'a si ça ne sert à rien ? Pas les orteils, l'appendice.

— Je ne sais pas, répondit Leila en s'asseyant sur le lit de la petite fille. Il y en a qui disent que c'est ce qu'il nous reste de la période où nous étions des poissons.

— Des poissons ? Je pensais qu'on avait été des chats avant et que le coccyx était ce qu'il restait de notre queue...

La jeune infirmière sourit.

— Tu en sais des choses ! Alors, disons que nous avons été des chats et des poissons.

— Des poissons-chats !

Cette conversation aurait pu durer des heures si Providence ne s'était pas réveillée à ce moment-là de la léthargie dans laquelle les sédatifs l'avaient plongée. Elle ouvrit les paupières lentement afin de s'habituer à la lumière de l'endroit.

— Où ça, des poissons-chats ?

Leila éclata de rire, dissimulant aussitôt, embarrassée, sa grande bouche derrière la manche de sa blouse blanche. Elle avait un rire communicatif qui se propagea bientôt, comme un circuit de dominos en cascade, jusqu'au dernier lit du dortoir.

La jeune Française tarda quelques minutes à se resituer dans l'espace et le temps. Puis elle se demanda ce qu'elle faisait dans cet aquarium où l'on parlait de poissons-chats. Une légère gêne au flanc droit le lui rappela aussitôt.

Elle était enveloppée dans un pyjama en papier bleu et avait un gros pansement au-dessus de l'aine. Elle avait fini par l'avoir sa crise d'appendicite ! Trente ans qu'elle l'attendait depuis qu'un garçon de sa classe avait effrayé tout le monde le jour où il avait ramené à l'école son appendice dans un pot de confiture plein de formol. Bien sûr, cela n'aurait pas pu se produire à Paris. Il fallait que cela lui arrive ici, entre le désert et les montagnes. Elle n'avait rien contre ce pays en particulier, mais ne nous voilons pas la face (ni le visage), le Maroc était plus connu et apprécié pour ses poteries, ses tapis et ses cornes de gazelle que pour son système sanitaire. Et puis, si cette maudite appendicite devait arriver pendant un voyage, alors autant choisir tout de suite l'Allemagne. Ah, une petite semaine de convalescence dans une charmante clinique de la Forêt-Noire, avec le beau docteur Udo Brinkmann...

En regardant autour d'elle, la jeune femme s'aperçut qu'elle était le centre d'intérêt de tout l'étage. Les Marocaines n'auraient pas affiché un air plus surpris si le spongieux Martien de Roswell était entré à ce moment-là porté sur un brancard et avait été disséqué devant elles et une équipe de télévision américaine par des scientifiques en scaphandre.

Providence fit mine de se lever mais ne put soulever ses fesses que de quelques millimètres. Une forte douleur sur le côté droit la cloua aussitôt au lit.

— Bon, eh bien, quitte à rester enfermée ici, autant faire connaissance tout de suite, lança-t-elle à la ronde. Je m'appelle Providence. Et elle leva la main pour dire bonjour à l'assemblée. Providence, et je suis facteur, comme mon prénom l'indique.

Gênées d'être prises en flagrant délit de curiosité, la majorité des malades, les plus visibles, détournèrent la tête et se replongèrent dans leur occupation principale : mourir.

Seule la petite voisine de Providence lui tendit la main en retour. C'était une jolie fillette avec de longues couettes noires et des taches de rousseur qui ressemblaient à du cacao dont on lui aurait saupoudré joyeusement les joues et le nez. Elle était d'une pâleur et d'une minceur extrêmes, malgré une poitrine démesurément enflée.

— Comment tu t'appelles ? demanda Providence.

— Zahera.

— C'est beau.

— Ça veut dire « florissante, épanouie » en arabe.

— Ça se lit sur ton visage.

— Si j'étais florissante et épanouie, je ne serais pas là, à pourrir dans ce dortoir d'hôpital depuis que je suis venue au monde !

Elle s'emportait facilement la petite princesse.

Mais là, Providence dut reconnaître qu'elle marquait un point. Ce fort caractère plut tout de suite à la jeune femme qui se reconnut dans la petite fille à son âge. Face à la mine boudeuse de sa nouvelle amie, la Française sourit et, voyant qu'il n'y avait pas de danger, retomba, bercée par des relents de sédatifs, dans un nouveau sommeil artificiel.

Les jours qui suivirent, la nouvelle venue observa sans trop comprendre le ballet des médecins et des infirmières au chevet de Zahera, la visite fréquente du kiné pour la faire tousser et cracher, les massages, la bouteille d'oxygène, le masque vissé une grande partie du temps sur son doux visage, juste au-dessous de ses beaux yeux noirs. Un masque pour respirer dans le nuage. De deux à six heures de soins par jour, un traitement bien trop éprouvant pour une petite fille.

Un matin, elle profita de ce que l'enfant dormait à poings fermés pour demander à Leila de quoi elle souffrait. L'infirmière confia à la patiente que la petite était atteinte de la mucoviscidose, une maladie génétique grave qui provoquait une augmentation de la viscosité du mucus dans les voies respiratoires. En clair, Zahera étouffait peu à peu, comme si on lui comprimait un oreiller sur la bouche, de plus en plus fort. L'image était horrible.

C'était une affection rare de ce côté de la Méditerranée, une affection qui touchait plus les

Européens. Pour quelle raison, cela elle l'ignorait. Mais pour une fois qu'un fléau, aveugle à la surpuissance économique des Blancs, ne dévastait pas l'Afrique, ils n'allaient pas s'en plaindre. Voilà qui expliquait leur inexpérience, le manque de matériel adéquat, les lacunes dans cette chasse aux nuages. Ils combattaient avec des épuisettes, des filets à papillons, pendant qu'au Nord, on luttait avec des aspirateurs antinuages de dernière génération. Malgré cela, la fillette avait vécu bien plus que les médecins ne l'avaient espéré. Ça boucleraient le bec des spécialistes européens pour une fois. Pas mal, diraient-ils, pas mal pour un pays du tiers-monde.

Pour la factrice, c'était une découverte, une première rencontre physique avec cette maladie, dont elle avait toujours entendu parler à la télévision d'une oreille distraite et avec un peu plus d'intérêt lorsqu'un jeune chanteur français à la voix prodigieuse, révélé par un télé-crochet national célèbre, avait disparu un jour des suites de cet affreux mal, enseveli par son nuage. Elle avait pleuré la perte de ce célèbre inconnu, de cet enfant de quelqu'un, de cet enfant d'une mère.

Cette mère que Zahera n'avait jamais connue, car un malheur ne venant jamais seul, il y avait eu des complications lors de l'accouchement et on avait dû la dégager par césarienne. Une hémorragie interne avait mis fin aux jours de sa génitrice. Une affaire de quelques minutes et hop, la fillette était venue au monde orpheline. Car on n'avait jamais rien su de son père. Ses premiers pleurs, alors qu'on la sortait du ventre en sang de sa maman, semblaient avoir été versés pour elle. Ce n'était pas un cri de vie, celui qui signe la naissance de chacun, mais un cri de douleur, de tristesse, le cri d'une perte. Le cri d'un bébé qui perd ce qu'il a de plus cher dans ce nouveau monde qui s'ouvre à lui. Sa maman. La chair de sa chair. Le corps dans lequel il a passé les neuf plus beaux mois de sa vie antérieure. De sa vie intérieure.

Depuis les confessions de Leila, Providence s'était lancée dans une course effrénée pour rattraper le temps perdu et pour faire découvrir le monde à la petite fille. Car celle-ci ne connaissait de notre belle planète bleue que le dortoir du premier étage et le jardin de cet hôpital de province. Providence lui avait montré, sur son smartphone 4G, la beauté du monde, la beauté des gens, la beauté de la vie. Elle lui avait montré des livres, des vidéos, des articles de presse et des photos, beaucoup de photos. Les photos de cet homme qui posait en tutu aux quatre coins du monde pour faire rire sa femme atteinte d'un cancer. Les photos de ces gens ordinaires qui, un jour, réalisaient des choses extraordinaires. Car tant qu'il y avait de la vie, il y avait de l'espoir, et tant qu'il y avait des êtres humains, il y avait de l'amour.

Zahera se sentait comme un condamné purgeant sa peine qui aurait mis à profit tout ce temps dont il disposait en prison pour se plonger dans les livres et devenir quelqu'un de bien, pour préparer la nouvelle vie qui l'attendait à sa sortie. La petite fille était clouée dans ce lit et après sept ans, ce n'était que maintenant qu'elle se rendait compte qu'elle pouvait tourner cela en une force. Elle avait le temps. Le temps d'apprendre et de connaître le monde. Sa soif de lire et de connaissance était immense. Elle absorbait tout comme une éponge dans la mer. En quelques jours, elle avait déjà avalé l'équivalent d'une bibliothèque de quartier. En quelques semaines, elle avait avalé la Bibliothèque nationale de France et la Sorbonne. Après avoir passé des années à manger des nuages grands comme la tour Eiffel, voilà qu'elle se mettait à dévorer des bibliothèques entières, étagère après étagère, boulon après boulon. Son organisme ne manquerait jamais de fer. Une alternative originale aux épinards.

La petite fille apprit ainsi que les écureuils de Central Park étaient tristes le lundi. Savaient-ils que le lundi était, statistiquement, celui où on avait le plus de chances d'avoir une attaque cardiaque ?

Elle apprit d'ailleurs que le mot français « écureuil » venait des mots « ombre » et « queue » en grec ancien. Qu'un chameau pouvait boire cent trente-cinq litres en dix minutes. Que le neuvième président des États-Unis était un certain William

Henry Harrison, dont le mandat, le plus bref de l'histoire du pays, n'avait duré que trente jours, douze heures et trente minutes. Que la scène dans laquelle Indiana Jones tuait d'un coup de pistolet le méchant qui essayait de l'impressionner avec sa démonstration de sabre n'était pas prévue à l'origine et qu'Harrison Ford l'avait improvisée car il souffrait de la tourista et qu'il voulait boucler le tournage le plus vite possible ce jour-là. Que le concierge de luxe international John Paul pouvait livrer, dans l'heure, un éléphant sur un yacht privé en plein océan pour satisfaire le caprice d'un milliardaire. Que les albums de Tintin ne contenaient pas plus de soixante-deux pages, et que de tous, *Tintin au Tibet* était le seul dans lequel on pouvait voir le héros pleurer.

Elle apprit aussi qu'un petit Indonésien de son âge venait d'entrer en cure de désintoxication pour arrêter de fumer. Que le terme *mafia* datait de la révolte des Siciliens contre les occupants français en 1282 et était l'acronyme de leur cri de ralliement « *Morte ai francesi Italia anela* » (« Mort aux Français désire l'Italie »). Qu'il ne fallait pas moins de soixante tonnes de peinture pour repeindre la tour Eiffel, chose que l'on faisait tous les sept ans. Que le premier épisode de *Columbo* avait été réalisé par Steven Spielberg. Que le peintre espagnol Jesús Capilla composait toutes ses couleurs à partir de teintes naturelles (du sang pour le rouge, de l'œuf pour le jaune, du persil pour le vert). Qu'un petit Australien de douze ans, rageant de toujours voir son pays en bas à droite des cartes, avait eu un jour la bonne idée de retourner sa carte du monde et de la centrer sur l'Australie. Qu'il y avait des ruches sur les toits de l'Opéra Garnier à Paris et que l'on y produisait du miel. Que le drapeau népalais était le seul à ne pas être rectangulaire. Qu'Albert Uderzo, le dessinateur d'*Astérix*, était daltonien et qu'il était né avec six doigts à chaque main. Qu'une petite Indienne était née, elle, avec quatre bras et quatre jambes et que ses parents lui avaient donné le nom de Lakhsmi, la déesse hindoue de la richesse dotée, elle aussi, de quatre bras. Que le petit symbole « & » s'appelait une *esperluette*, qu'il avait été créé par l'esclave-secrétaire de Cicéron et qu'il avait été considéré comme la vingt-septième lettre de l'alphabet français jusqu'au XIXe siècle. Qu'Honoré de Balzac ne mesurait qu'un mètre cinquante-sept. Qu'au cours de notre vie, nous marchions l'équivalent de trois tours du monde. Qu'en Nouvelle-Zélande, pas moins de neuf cents automobilistes avaient déclaré leur véhicule dans la catégorie « corbillard » pour payer la vignette moins cher. Qu'Agatha Christie écrivait ses romans d'une seule traite jusqu'à l'avant-dernier chapitre avant de choisir qui serait l'assassin le moins probable et de tout réécrire depuis le début en conséquence. Que les premiers bikinis étaient vendus dans des boîtes d'allumettes. Que l'araignée ne s'engluait pas dans sa propre toile car elle prenait soin de ne marcher que sur les fils non collants qu'elle avait tissés à cet effet. Que Tom Cruise s'appelait en réalité Thomas Cruise Mapother IV. Qu'il était le fils de Thomas Cruise Mapother III, ingénieur électricien. Et que si l'on coupait une pomme en deux dans le sens de la largeur, on obtenait dans son centre une jolie étoile à cinq branches.

On trouvait de tout sur Internet. C'était la porte sur le monde qui avait manqué à la fillette pendant toutes ces années.

La veille du départ de Providence, lorsqu'elle fut rétablie de son intervention chirurgicale, la petite Marocaine se confia à elle et lui confessa qu'elle voulait devenir pâtissière-spationaute plus tard, un secret qu'elle n'avait jamais révélé à personne, surtout pour l'histoire des œufs montés en neige en apesanteur. Mais en Providence, elle avait toute la confiance du monde.

— Je vais peut-être te sembler idiote, mais pourquoi dis-tu *spationaute* et pas *cosmonaute* ?

— En gros, c'est la même chose, répondit la fillette fière de pouvoir apprendre quelque chose à une adulte. C'est juste la nationalité qui change. Un spationaute, c'est un Européen et un cosmonaute, c'est un Soviétique.

— Ah bon ?

— Aux États-Unis, ce sont des astronautes. Et les Chinois, ce sont des taïkonautes !

— Dans ce cas, Zahera, toi, ce n'est pas spationaute que tu veux être, car tu n'es pas Européenne, c'est plutôt « marocanaute » !

Les deux filles éclatèrent de rire.

— Au fait, tu te rappelles ce qui m'a amenée ici ? demanda la Française.

La petite fille chercha un instant à se rappeler le mot.

— L'appendicite ? dit-elle enfin.

— Oui. Eh bien, tu sais que si un jour tu vas dans l'espace cuisiner tes soufflés et tes œufs en neige, on t'opérera de l'appendicite avant de partir en mission, juste au cas où. Car si cela t'arrivait là-haut, ce serait vraiment très délicat. Il n'y a pas de bloc opératoire ni de chirurgien, tu comprends. Alors autant prévoir.

Puis elle lui promit qu'elle ferait tout pour que son rêve se réalise un jour et qu'elle deviendrait la première « pâtissière-marocanaute » de l'univers. Elle lui promit également qu'elle reviendrait la voir quelques semaines plus tard avec des cadeaux.

— Promis ?

— Promis.

— Quitte à ce que tu fasses une autre crise d'appendicite !

— Je me ferais enlever tous les appendices du monde pour revenir te voir s'il le fallait. Et si on en compte un par personne sur Terre, ça en fait des millions. Je te promets que je serai là dans trois semaines.

— Tu es un peu comme une maman téléguidée.

— Une maman téléguidée ?

— Oui, parce que si j'avais une télécommande à mamans, je te ferais revenir tout le temps, chaque fois que je suis un peu triste. D'ailleurs, je ne te laisserais même plus repartir.

— Je viendrai chaque fois que tu seras triste, mon ange. Je serai ta maman téléguidée.

Et elle avait tenu promesse. Des allers et retours fréquents pendant deux ans avaient uni les deux voisines de lit, remplissant le cœur de Providence de bonheur et son portefeuille de la prestigieuse carte de fidélité *Safar Flyer Gold* de Royal Air Maroc.

Providence sourit à pleines dents.

À la simple pensée de Zahera, l'affreux thé qu'elle était en train d'ingurgiter devint le précieux nectar offert par un maharadja indien et l'aéroport se transforma en un palace des *Mille et Une Nuits* (même si les deux n'ont rien à voir). On se serait cru dans un théâtre, lorsque la lumière s'éteint entre deux scènes et que les techniciens font coulisser de gros panneaux et installent de nouveaux accessoires pour changer le décor. Sauf que là, il y avait toujours autant de figurants. Des milliers de touristes coincés avec elle sur la scène.

Plus qu'être une maman téléguidée, c'est un avion téléguidé qu'elle aurait voulu avoir aujourd'hui, en ces circonstances, pour pouvoir aller chercher sa fille.

Un élan de vie secoua son flanc droit comme pour lui rappeler que c'était de là que tout avait commencé, que c'était là que son corps avait commencé à sentir. Et puis, la douleur voyagea dans son ventre jusqu'à devenir une agréable sensation de chaleur dans le cœur. Son bébé. Son tout petit enfant.

L'espoir revint à Providence en moins de temps qu'il ne faut pour décongeler un poisson pané Findus. Et avec lui, la force de déplacer les montagnes. Elle commença donc par déplacer celles, de plus petite taille, qui lui servaient de fesses et se leva d'un bond. Sa valise en bout de bras, elle se mit à la recherche des stands de location de voitures. Elle louerait un véhicule et descendrait jusqu'au Maroc à toute berzingue chercher sa fille.

Lorsqu'elle y arriva enfin (aux stands de location, pas au Maroc), la jeune femme réalisa qu'elle n'était pas la seule à avoir eu cette idée de génie. Il y avait là tellement de monde qu'elle pensa un instant que l'on distribuait gratuitement des billets de banque. L'interminable queue lui rappelait celles des boucheries soviétiques des années soixante-dix. Y avait-il seulement plus de voitures à louer que de steaks hachés russes ? Rien n'était moins sûr. Providence décida d'aller voir cela de plus près, jouant des coudes, et de la mallette Samsonite, pour entrer un peu plus dans la masse.

Elle plaça donc sa valise devant elle et la poussa sans scrupules dans la foule, à grands coups dans les tibias, sans omettre à chaque fois de dire pardon et de prendre son air le plus innocent. Après quelques mètres seulement, à la surprise de quelques curieux qui suivaient son avancée avec un intérêt certain et d'autres qui avaient profité de l'occasion pour se glisser derrière elle comme l'on se glisse dans le sillage d'une ambulance, elle exécuta un brusque demi-tour, sous le regard furieux ou affolé des gens qu'elle avait bousculés à l'aller et dont elle s'apprêtait maintenant à malmener à nouveau les pieds et les tibias.

La rumeur bourdonnante venait en effet de lui apprendre que ce qu'elle redoutait venait de se produire. Plus de steak haché soviétique. Plus de voiture à louer. Ce qui était tout à fait crédible, vu les centaines de personnes qui étaient en train de s'entre-tuer pour une dernière clef, comme s'il y allait de leur survie, comme si elle ouvrait le coffre-fort de la Banque de France ou celui du fort Boyard. Tout ce qui avait des roues avait été pillé. Les voitures, les motos, les scooters, et même les chaises pour handicapés. Providence décida qu'elle ne perdrait donc pas une minute de plus ici.

Il devait bien y avoir un autre moyen de quitter la France. Le Maroc, ce n'était quand même pas le Pérou ! Que lui restait-il ? La jeune femme compta sur ses doigts. Avion, voiture… train !

C'était pas mal, ça, le train. Elle regarda sa montre. Il était 10 h 45. Cela lui rappela que son avion, qui était toujours confirmé mais sacrément en retard, aurait dû décoller ce matin à 06 h 45. Déjà six heures qu'elle s'était levée. Pour rien.

Elle fit un bref calcul. Il fallait bien sept heures pour atteindre la frontière espagnole, puis encore une bonne dizaine pour descendre jusqu'à Gibraltar. En comptant le temps d'attente des correspondances et les éventuels retards, elle arriverait à Marrakech le lendemain dans la journée. La lune se serait levée puis recouchée. Elle n'aurait donc pas tenu sa promesse. Mais il faut quelquefois accepter de faire des compromis pour atteindre ses objectifs, aurait dit feu Steve Jobs en hurlant dans un micro devant une assistance remontée à bloc. Elle irait quand même chercher Zahera et la ramènerait avec elle. C'était déjà un bon compromis, ça.

Providence se faufila dans la foule et prit le chemin de la sortie. Elle avait l'impression qu'il lui faudrait encore marcher des kilomètres pour sortir de ce terminal oppressant. Sans doute parce qu'elle devait slalomer en permanence entre tout ce monde, ce qui la ralentissait beaucoup, sans compter qu'il y avait plusieurs minutes déjà qu'elle marchait sur un tapis roulant en sens contraire…

Alors qu'elle arrivait devant l'escalator qui menait aux portes de la navette Orlyval, elle se demanda si elle ne devait pas attendre d'être sûre que son vol était annulé pour quitter l'aéroport. Aucune heure n'avait été annoncée, et il enregistrait maintenant un retard de quatre heures, mais s'il partait au bout du compte, elle s'en mordrait les doigts. Car même s'il décollait en début d'après-midi, elle serait à Marrakech bien avant que son train ne soit entré en Espagne.

Son cerveau commença à s'échauffer. Elle sentit quelques gouttes de transpiration s'aventurer sur son front à la recherche d'un monde meilleur. Que devait-elle faire ? Bien qu'elle soit une femme pressée, elle avait une sainte horreur de ce genre de prise de décision rapide. Généralement, cela finissait par une catastrophe. Et là, la vie de Zahera était en jeu. Elle ne pouvait pas se permettre de se tromper.

La paralysie de l'indécision la guettait.

Mais tout cela, c'était sans compter sur l'apparition du pirate chinois.

Il ressemblait à un évadé de Guantanamo avec sa combinaison fluo, mais c'était peu probable, à moins que les Chinois ne se soient lancés dans le nouveau secteur tendance du terrorisme islamiste sans que Providence en ait entendu parler. Après tout, elle ne regardait pas souvent les infos à la télé.

— Parbleu, vous avez des problèèèèmes ? Diantre, nous les résoudrons tous d'un coup de rhum !

L'homme qui se tenait devant elle avait tout d'un Asiatique qui aurait avalé un pirate au petit déjeuner, un pirate avec un accent chinois à couper au couteau. Au couteau de chasse. Au couteau de Rambo. Il criait *problèèèèmes* à la manière d'une chèvre, si tant est qu'une chèvre puisse un jour avoir des problèmes et le crier. Quoi qu'il en soit, il avait bien choisi son endroit. À Orly, aujourd'hui, les problèmes, ce n'était pas ce qui manquait.

— Parbleu, vous avez des problèèèèmes ?

Diantre, nous les résoudrons tous d'un coup de rhum ! roucoulait-il.

Il haranguait un public fantôme, comme ces prédicateurs américains qui, perchés sur un banc au détour d'une rue, annonçaient la fin du monde. Excepté qu'il n'était pas perché (du moins sur un banc), qu'il n'était pas américain et qu'il n'annonçait pas la fin du monde (bien qu'elle n'ait jamais semblé être aussi proche). C'était un pirate chinois auquel il ne manquait plus que le perroquet sur l'épaule, le cache-œil et la jambe de bois. Debout au pied de l'escalator, il distribuait des tracts aux centaines de zombies qui passaient devant lui sans le voir, malgré son accoutrement flashy et les cris qu'il poussait. Peut-être n'était-il qu'un pur produit de l'imagination de la jeune femme. Une hallucination due à la fatigue.

Providence s'approcha. Devant elle, une vieille dame désorientée prit le papier que lui tendait le Chinois, se moucha dedans sans même regarder de quoi il s'agissait puis le jeta par terre. Le terminal était devenu une décharge publique géante et personne ne semblait s'en soucier. La propreté et l'ordre étaient devenus superflus dans cette nouvelle société. À ce rythme-là, RoboCop et Judge Dredd reprendraient bientôt du service.

Providence se posta devant le jeune homme et attendit. Sur le moment, elle ne comprit pas quelle mouche l'avait piquée. Une force mystérieuse, peut-être la curiosité, la poussa à tendre le bras pour prendre un tract.

Le flibustier chinois au pyjama orange lui lança un regard étrange. Il ne devait pas être habitué à ce que l'on vienne volontairement vers lui. Il ne semblait pas habitué à ce qu'on le voie, encore moins à ce qu'on le regarde. Il avait l'impression de s'être fait repérer par le seul être humain des lieux. Autour d'eux, les abeilles en sandales et en chemise hawaïenne continuaient leur danse ridicule en huit.

Sans bouger d'un poil, Providence se plongea dans la lecture de la publicité que distribuait le Chinois. Elle paraissait trouver cette littérature intéressante. Intrigué, l'homme regarda à son tour l'un de ses tracts pour vérifier qu'ils ne s'étaient pas transformés, à son insu, en vers d'Arthur Rimbaud.

Suprême Maître Hué
Spécialiste des problèmes affectifs. Il connaît toutes les difficultés de votre vie. La chance vous sourira et votre vie sera transformée. Mariage, succès, timidité, permis de conduire, examens, désenvoûtement, impuissance, diarrhée, constipation, addiction au shopping ou à Harry Potter, retour au foyer de la personne aimée.
Travail sérieux, efficace et rapide.
Facilités de paiement selon vos moyens.
Reçoit tous les jours de 09 h 00 à 21 h 00 à Barbès, en face du stand de boissons Sahara.
Ne pas jeter sur la voie publique.

On était quand même loin de Rimbaud.

La jeune Française leva de nouveau les yeux vers lui (l'Asiatique, pas Rimbaud). La globalisation touchait vraiment tous les secteurs. Même celui du charlatanisme, jusque-là monopole des marabouts africains. De la diarrhée au permis de conduire en passant par l'addiction à la saga d'*Harry Potter*, diantre, il couvrait tous les domaines et résolvait tous les *problèèèèmes,* ce Suprême Maître Hué !

— J'espère qu'il a plus de succès que son nom ne l'indique... lança Providence pour briser la glace.

Il ne sembla pas comprendre le jeu de mots et resta immobile devant elle, comme ces statues humaines qui se produisent dans les lieux touristiques.

— Je disais ça pour *Hué...* le verbe *huer...* précisa-t-elle devant l'impassibilité du Chinois.

À l'évocation du nom de son maître, l'homme reprit vie, comme si la voyageuse venait de lui jeter une pièce de monnaie dans sa gamelle.

— Par tous les diables ! s'exclama-t-il. Ne prononcez pas son nom !

— Quoi, Hué ?

— Chuttttt ! Sacrebleu !

— Mais c'est écrit sur votre papier là !

— Mille millions de mille quatre cent quatre-vingt-quinze sabords ! Nom d'un borgne aveugle !

L'Asiatique s'était transformé en un juke-box

à jurons. Il lança de furtifs regards autour de lui comme un dealer en pleine transaction.

— Eh bien, lisez dans votre tête, continua-t-il une fois rassuré, mais il ne faut jamais prononcer le nom du Maître 90. Seigneur des sept mers et gardien du trésor des flibustiers.

— Le Maître 90 ! C'est votre quatre-vingt-dixième maître ?

— Non, c'est sa taille. 1 *Maître* 90. Dans la confrérie, tous les moines sont nommés selon leur taille, en plus d'un titre honorifique.

— Logique, ironisa Providence. Et pourquoi parlez-vous comme un pirate ?

— Comme un pirate ? répéta l'homme surpris. Je ne vois pas ce que vous voulez dire.

Il a un grain, ce Chinois, et pas précisément de riz, pensa la jeune factrice, qui s'apprêtait à tourner les talons et à laisser ce taré planté là. Mais celui-ci la retint d'une main sur l'épaule.

— Je peux vous aider, moussaillon.

— Pardon ?

— Je vois dans vos yeux que vous avez un problèèèème !

La jeune femme montra de son index la foule affolée qui grouillait autour d'eux, étrangère à cette conversation irréelle.

— Bien vu, Sherlock ! Et on dirait que je ne suis pas la seule ici.

L'Asiatique fit un grand sourire, puis son visage se ferma de nouveau. Il s'approcha d'elle et baissa la voix. Providence s'attendait à ce qu'il ouvre sa combinaison orange d'un moment à l'autre et lui propose une collection de montres volées.

— Que puis-je pour vous ? demanda-t-il simplement.

— Vous n'auriez pas un avion sous le coude ?

Le Chinois leva son bras et regarda son coude, intrigué.

— C'est une expression, dit Providence touchée par l'innocence de l'homme. Je me contenterai que vous fassiez décoller mon avion.

— Pour les avions, moussaillon, c'est à Air France qu'il faut demander cela ! s'exclama-t-il en redonnant à son bras sa position initiale.

— Oui, enfin dans mon cas, ce serait plutôt Royal Air Maroc. Mais bon, moi, je vous demandais ça parce que sur votre papier, là, il y a écrit que vous changez la vie des gens…

— Par ma barbe ! s'exclama l'Asiatique, qui n'en avait pas. Elle est bien bonne, celle-là ! Vous pensez donc que je suis le Maître 90 ? Bien que je mesure tout autant, je ne suis qu'un marin qui distribue des tracts. Si vous voulez rencontrer l'ancien, il vous faudra mettre les voiles dans cette direction. Lui, il change la vie des gens.

On se serait cru dans une scène de *L'Île au trésor,* ou plutôt dans un mauvais remake du film de Fleming revu par Kubrick un soir de cuite.

L'homme désigna le bout de papier. L'ongle de son petit doigt était démesurément long. Un peu comme les joueurs de guitare flamenco. Fourrez un Chinois, un terroriste islamiste, un pirate et un Andalou dans une machine à laver et il ressortira ce mec-là, pensa Providence, qui était en train d'en perdre son latin, enfin, son chinois.

— Mettez le cap vers Barbès. Juste en face du Sahara.

— Ah oui, le *Sahara*, c'est le bar. Pendant une seconde, j'ai cru que vous m'envoyiez dans l'autre continent ! Qui est justement l'endroit où je dois me rendre. Ça aurait été amusant comme situation.

— …

— Je crains que ce ne soit pas possible, dit Providence redevenant sérieuse. Je ne peux pas m'absenter de l'aéroport. J'attends le départ de mon vol.

Elle se demandait pourquoi elle était encore en train de parler avec lui.

— C'est fichtrement embêtant, moussaillon !
— Je suppose qu'il ne se déplace pas, non ?
— Qui ça ?
— Ben, Maître Hué.
— Chhhhuuuut ! Non, gente dame, le Maître 90 ne reçoit que dans ses quartiers. Question de sécurité…
— De sécurité ?
— Le Maître 90 est un homme très puissant. Il règne sur l'Humble Caste des Mantes Tricoteuses !

— Les mantes tricoteuses ? Vous voulez certainement dire les mantes religieuses.

— Chez vous les mantes prient, expliqua l'Asiatique en joignant les mains et en les frottant l'une contre l'autre, d'où leur nom de « religieuses », mais chez nous, elles tricotent. Oui, pour être précis, les moines de cette humble caste tricotent des vêtements au fromage.

Providence, qui sentait qu'elle perdait des centaines de neurones à chaque seconde de cette conversation de fous, préféra ne pas en savoir plus.

— Bref, c'est un Maître très puissant, mais qui habite Barbès, si je comprends bien…

— Oh, ça, ce n'est qu'une question de marketing, vous savez. Le Maître habite un luxueux pavillon du 16ᵉ.

— Siècle ?

— Arrondissement ! rectifia le Chinois intrigué. Sinon, j'aurais dit XVIᵉ, en chiffres romains.

— Dans un dialogue, on ne voit pas les chiffres romains.

— Vous avez raison. Bien, reprenons, comme je disais, pour ce genre de commerce, ça donne meilleure impression d'avoir pignon sur rue à Barbès que dans le 16ᵉ (en chiffres arabes, je précise), allez savoir pourquoi.

— Je comprends… dit Providence, qui ne comprenait pas. Quoi qu'il en soit, Barbès ou 16ᵉ, cela ne m'arrange pas. Je ne peux pas quitter l'aéroport. Il y a de nouvelles infos qui tombent toutes les minutes.

Elle ne savait plus comment mettre fin à cette conversation et prendre congé de ce pauvre homme. Qu'est-ce qu'il lui avait pris d'aborder ce cinglé ? Quelquefois, des gens bizarres vous accostaient sur un quai de métro ou dans une salle d'attente et vous parlaient de leur vie, de leurs problèmes sans que vous leur ayez rien demandé. Vous les écoutiez d'une oreille distraite tout en priant pour que la rame de métro entre vite en gare ou que l'assistante du dentiste vienne vous chercher. Cela lui était déjà arrivé à plusieurs reprises. Mais là, elle ne pouvait s'en prendre qu'à elle-même. C'était elle qui était venue le chercher.

— Le Maître 90 est plus puissant qu'Air France, vous savez, dit le Chinois en pyjama orange, sentant qu'il était en train de perdre sa cliente. Vous me demandiez si je pouvais agir sur votre avion tout à l'heure. Le Maître peut faire bien plus que ça. Parole de corsaire.

L'homme venait de raviver la curiosité de Providence.

Il regarda autour de lui et prit soin à nouveau que personne d'autre qu'elle n'entende ce qu'il s'apprêtait à lui dire.

— Vous voulez apprendre à voler ? lui demanda-t-il comme l'on propose un chewing-gum.

— Pardon ?

Elle avait l'impression qu'elle venait de capter

des ondes de l'au-delà sur une vieille radio ou celles d'une autre planète où l'on ne parlerait que l'extraterrestre. Elle ne comprenait plus rien.

— Si vous voulez partir aujourd'hui, c'est la seule solution qu'il vous reste. Voler par vos propres moyens.

Quelque chose en lui avait changé.

— Vous voulez que j'apprenne à piloter un avion en une après-midi ? s'exclama-t-elle effarée.

— Qui vous a parlé de piloter ? Je vous parle de voler, parbleu !

Disant cela, il vérifia que personne ne le regardait, se positionna à un angle de quatre-vingt-dix degrés de la jeune femme et agita discrètement ses mains comme si elles avaient été des ailes. Providence aurait trouvé ce geste ridicule si les semelles des All Stars du pirate ne s'étaient élevées du sol de cinq bons centimètres. L'homme cessa de brasser l'air et ses pieds se posèrent lentement.

— Comment vous avez fait ça ? demanda-t-elle stupéfaite.

Elle chercha du regard d'autres témoins de la scène, mais personne n'y avait prêté attention. Le monde suivait son cours, étranger à l'incroyable événement qui venait de se produire sous ses yeux.

Les initiés auront bien entendu reconnu la lévitation de Balducci, une performance de magiciens de rue visuellement très surprenante mais plus fausse qu'une pièce de trois euros en chocolat.

— Ayez confiance et allez consulter le Maître,

parole de buveur de rhum ! Vous allez où exactement, *Milady* ? ajouta-t-il devant l'air abasourdi de son interlocutrice.

La voix du Chinois ramena Providence à la réalité. Si l'on pouvait appeler cela la réalité. Tout était si difficile à croire.

— Euh… Marrakech. Mais comment avez-vous fait ça ?

L'homme leva les yeux au ciel et trembla.

— Jack le maudit ! Je vois que votre vol va être annulé, dit-il sûr de lui, comme en proie à une vision. Par tous les os du squelette de Rackham le Rouge, votre vol est bien le Royal Air Maroc AT643, n'est-ce pas, moussaillon ?

— Comment vous savez ça ? demanda Providence, sans savoir que dans son dos, sur le gigantesque tableau des départs, les mots *Annulé/ Cancelled* clignotaient en rouge en face de son vol depuis déjà une bonne minute.

— J'ai moi-même quelques petits dons. Je suis mentaliste. Si j'étais vous, je hisserais la grand-voile et mettrais le cap sur Barbès sans attendre que le fantôme de « Barbès Rousse » se lance à mes trousses !

À ce moment-là, une voix de robot annonça au travers des haut-parleurs que le vol Royal Air Maroc AT643 à destination de Marrakech, initialement prévu à 06 h 45, venait d'être annulé.

Incroyable ! pensa Providence admirative des pouvoirs de l'homme au pyjama avant que celui-ci ne se faufile dans la foule et disparaisse, dans une interprétation moderne, libre et orange de *Où est Charlie ?*

Providence avait offert un petit ordinateur à Zahera, avec une connexion Internet, pour qu'elle puisse continuer d'apprendre des choses même quand elle n'était pas là. Elle lui disait chaque fois :

— Quand je reviendrai, il faudra que tu me racontes des choses étonnantes. Des choses que même moi je ne connais pas.

Et cela faisait sourire la petite fille qui se lançait aussitôt dans d'incroyables recherches dont elle n'émergeait que quelques heures plus tard. Il lui fallait rattraper ces sept ans de jachère, ces sept ans où elle avait végété dans ce petit hôpital de province sans rien savoir du monde.

Prise d'une envie folle, impérieuse et dévastatrice de tout savoir sur tout, il y avait des nuits où elle ne dormait pas, assise en tailleur et enveloppée sous ses draps pour ne pas réveiller les autres avec la lueur de son écran. Elle était devenue une éponge avide d'absorber l'intégralité du savoir humain. Elle avait l'impression que tout autour d'elle s'interconnectaient même les choses les plus éloignées, les plus improbables, celles qui semblaient n'avoir aucun rapport entre elles. On pouvait en réalité tout relier afin de dessiner un immense réseau du savoir, une carte de la connaissance humaine, une constellation, comme celle qui décorait son plafond sous la forme d'étoiles phosphorescentes. Elle pouvait alors tout dire et son contraire. Dire, par exemple, qu'elle était la descendante marocaine de Shakespeare. Dire que l'écrivain anglais était sur le point d'inventer le *moonwalk* le jour où elle allait fêter ses -399 ans. Elle avait d'ailleurs trouvé un moyen de retranscrire en bougies son âge négatif sur un gâteau d'anniversaire en les mettant toutes à l'envers. On obtenait alors, contre toute attente, un vaisseau spatial prêt à décoller dans le ciel ou une méduse longeant les côtes du Maghreb un été chaud.

C'est comme cela aussi qu'elle avait appris que les étoiles ne venaient pas de Chine, qu'aucun petit Chinois n'avait jamais fabriqué d'objet céleste de ses mains pour l'envoyer dans l'espace afin d'illuminer le ciel et le désert la nuit. Qu'une étoile, selon Wikipédia, n'était autre qu'une « boule de plasma dont le diamètre et la densité sont tels que la région centrale atteint la température nécessaire à l'amorçage de réactions de fusion nucléaire » et que Rachid était donc un menteur qui lui avait offert une simple réplique. Elle était un peu déçue, mais comment aurait-elle pu en vouloir à cet homme qui l'aimait tant et qui lui dégageait les bronches à longueur de journée, l'homme à qui elle devait la vie bien plus qu'à son propre père, l'homme qui avait voulu lui faire plaisir avec un petit morceau de caillou ? Afin de ne pas le heurter, elle ne lui avait même pas dit qu'elle savait désormais. Et puis, l'objet venait de Chine après tout, un pays lointain et exotique dont le seul nom évoquait déjà en elle un émerveillement certain. Du jour au lendemain, elle avait tout de même arrêté de prier pour ce peuple qui n'était en rien responsable de l'illumination du désert marocain la nuit.

En quelques semaines, Zahera était devenue, à l'hôpital, la messagère du monde extérieur. On lui posait tout un tas de questions sur cet univers avec lequel la plupart des patientes avaient perdu le lien dès qu'elles avaient mis les pieds ici. Pendant leur convalescence, la fillette renseignait les malades sur les dernières sorties de films, de produits de beauté, les derniers modèles de téléphones portables, les derniers potins de stars. Zahera était devenue la nouveauté tout d'un coup. Elle était devenue le nouveau jouet. Alors elle racontait tout, et puisqu'elle savait tout sur tout, elle agrémentait les discussions d'anecdotes insolites et croustillantes.

Au retour de Providence, elle lui avait fait passer le test :

— Prends deux mots sans rapport apparent

l'un avec l'autre et entre-les dans Google. Tu seras surprise par le nombre de sites ou d'articles dans lesquels tes deux mots apparaissent ensemble.

Et voilà ! disait-elle fière comme une magicienne en herbe qui a réussi son premier tour de passe-passe. Sur son ordinateur, plus d'une dizaine de sites mettaient en relation les mots *Hitler* et *cacahuète*, bien que la pertinence d'une telle combinaison de mots soit, pour le moins, farfelue. À moins que le second ne se référât à la taille du cœur du premier...

— Il y a toujours un rapport. Toujours.

Et puis la factrice repartait dans son pays pour travailler un peu. Les Français ne pouvaient pas se passer longtemps des bonnes nouvelles qu'elle devait leur apporter. À contrecœur, la fillette devait partager son amie avec une centaine d'êtres humains. Alors, pour oublier son absence, elle se replongeait dans ses recherches, engloutissant tout sur son passage. Elle ne se couchait pas sans avoir appris qu'aux Jameos, sur les îles Canaries, il y avait un petit lac habité par des crabes albinos aveugles. De minuscules crabes très sensibles au bruit, dont la vie avait été menacée par la manie qu'ont les visiteurs de jeter des pièces de monnaie dans le lac. Que les petits porte-clefs de la tour Eiffel pris d'assaut dans les magasins de Paris par les touristes chinois étaient fabriqués... en Chine ! Qu'en Afrique noire, on perçait les cornes des rhinocéros avec une perceuse et on y introduisait un poison rouge (pas un poisson rouge) pour dissuader les braconniers. Qu'en russe, *trottoir* se disait *trotoar*, *catastrophe* se disait *katastrof* et *téléphone* se disait *telefon*. Dans ce cas, à quoi pouvait bien servir le russe si c'était comme le français ! Qu'un homme s'était fait poignarder 16 302 fois sans jamais mourir (mais c'était au théâtre bien sûr !) Que les tisseurs de tapis perses et arabes intégraient volontairement une erreur à leur ouvrage pour rompre l'équilibre parfait car seul Dieu créait des choses parfaites.

Seul Dieu créait des choses parfaites. Et Providence aussi. Car Providence était parfaite, et Zahera voudrait lui ressembler quand elle serait grande. Enfin, si jamais elle le devenait. Et elle repensait à sa maladie. Finalement, dans Internet ou dans la vraie vie, tout la ramenait à son nuage.

Providence n'en croyait pas ses yeux.

Là, sur l'écran 50 pouces Samsung pendu au mur du terminal, un journaliste malmené par une foule furibonde tanguait de droite à gauche comme sur une mer déchaînée en se tenant à un pilier de projecteur pour ne pas tomber. Un sous-titre rouge annonçait que la scène était tournée en direct depuis le hall de la gare de Lyon, à Paris, où tous les trains avaient été pris d'assaut. Derrière le pauvre présentateur, le même paysage apocalyptique qu'à Orly. La même fourmilière affolée. La France entière semblait en proie à cet affreux tumulte aux faux airs de fin du monde.

Quelques secondes après la disparition soudaine du pirate chinois et l'annulation de son vol maintenant confirmée, Providence s'était dirigée vers la navette de l'Orlyval avec l'idée de se rendre à la gare la plus proche et de monter dans le premier train qui partirait vers le sud.

Encore une idée brillante qui venait de lui exploser au visage comme une bulle de chewing-gum. Providence stoppa sa Samsonite, son petit îlot à elle dans cet océan déchaîné. Si un avion était passé à ce moment-là dans le ciel, elle aurait grimpé dessus en vitesse et levé les bras en l'air pour lancer des signaux de détresse. Mais aujourd'hui, Orly était bien le seul endroit sur Terre qu'aucun avion ne survolerait.

L'étau se resserrait sur elle. Chaque fois un peu plus. Chaque fois un tour de vis supplémentaire, comme un vêtement mouillé que l'on essore. Pas d'avion, pas de voiture, pas de train, une condamnation assurée à l'immobilisme. À Paris, seuls le métro, les bus et le RER semblaient fonctionner, mais jusqu'à preuve du contraire, aucun d'eux ne desservait Marrakech.

Debout sur le quai, un pied dans l'aéroport et l'autre dehors, elle laissa partir la navette qui venait d'arriver. À quoi bon aller à la gare si c'était pour y retrouver la même fin du monde, la même folie meurtrière ?

L'auto-stop ? La jolie jeune femme n'aurait eu aucun mal à trouver un conducteur masculin désireux de la conduire au bout de l'univers. Mais c'était bien trop risqué. On pouvait toujours tomber sur un déséquilibré, ou un ex-directeur général du Fonds monétaire international en vacances dans les parages.

La jeune femme pensa bien à sa Renault jaune de la Poste, mais elle était au garage depuis une semaine, après la tournée bien arrosée d'un collègue, au sens littéral et figuré, puisque la voiture avait fini sa course dans une borne à incendie. Et oublions tout de suite le vélo de facteur.

Bref. Il ne restait plus grand-chose. À part les pieds. Mais c'était de loin le moyen le plus lent. Même au XXIe siècle, l'homme était encore assez limité en termes de transport. Il fallait qu'il se réveille, le nouveau Léonard de Vinci ! Il avait du pain sur la planche.

Comme la téléportation n'avait toujours pas été inventée (l'homme n'en était qu'au stade embryonnaire de la déportation et de l'expulsion), Providence empoigna son portable et composa le numéro de l'hôpital. Zahera serait déçue, c'était certain. Elle ne lui ferait peut-être jamais plus confiance. Mais bon, c'étaient les aléas de la vie. Tiens, elle lui apprendrait un nouveau mot en français, *aléa*. Qu'allait-elle lui dire ? Qu'elle arriverait un peu plus tard que prévu ? Mais quand exactement ? Elle ne le savait pas elle-même.

Elle détestait annoncer des mauvaises nouvelles. C'était pour cela qu'elle était devenue factrice, d'ailleurs. Parce qu'elle voulait apporter les bonnes nouvelles aux gens. Parce qu'elle voulait être cette cigogne qui apportait du bonheur dans sa gibecière. Elle avait vingt ans quand elle était entrée à la Poste, des rêves plein la tête, mais l'expérience lui avait appris qu'un facteur, aussi optimiste fût-il, apportait aussi son lot de mauvaises nouvelles et de tristesse dans les foyers. Cela n'avait pas découragé la jeune femme.

Il y eut une tonalité. Puis deux.

Providence baissa les yeux au sol. À côté de sa sandalette, frôlant le sixième orteil de son pied droit, se trouvait un bout de papier. La personne qui l'avait jeté l'avait certainement réduit en boule après s'être mouchée avec, mais on pouvait distinguer deux mots imprimés en gras à l'encre noire.

SUPRÊME MAÎTRE

Puis elle releva les yeux et tomba sur une affiche qui attira son attention.

La troisième tonalité résonna dans le téléphone de Providence, et avant que quelqu'un ne réponde, elle raccrocha. C'était trop facile de baisser les bras comme ça. Elle avait peut-être tout essayé. Mais pas l'impossible.

C'est donc un prospectus et une simple affiche qui décidèrent Providence à se lancer corps et âme dans la plus folle aventure de sa vie.

L'affiche, c'était une publicité d'une grande ONG spécialisée dans le parrainage d'enfants atteints du sida en Afrique. On y distinguait un village établi dans une zone reculée du continent et peuplé d'enfants auxquels on avait dessiné des ailes de plumes blanches à grands coups de Photoshop. *L'amour donne des ailes* disait le slogan.

La formule tourna dans l'esprit de la factrice plusieurs fois, comme une chaussette sur le point de subir le programme pré-essorage. *L'amour donne des ailes*. L'expression était devenue un cliché avec le temps, mais la jeune femme était convaincue qu'il fallait la prendre dans le sens littéral du terme, que cette affiche n'avait été placardée ici que pour qu'elle la voie, elle, que cette annonce lui était destinée. Elle semblait lui dire : « Providence, l'amour peut faire pousser des ailes sur ton corps si tu penses fort à Zahera. »

Était-elle victime de la même folie inconsciente qui avait assailli Dédale, le père d'Icare, le jour où ils avaient eu l'idée de fuir le labyrinthe du Minotaure en se collant des plumes aux bras ? En guise de colle, elle avait bien un pot de cire à épiler dans sa valise, mais quid des plumes ? Devait-elle se lancer sans plus tarder dans une chasse aux pigeons sur les pistes goudronnées d'Orly ? Et puis, pouvait-elle se comparer à un mec qui n'avait jamais existé, pour autant qu'il fût le MacGyver de la mythologie grecque ?

Non. Elle était bien plus folle que ce qu'elle pensait, car quelque chose la poussait à croire qu'elle n'aurait besoin d'aucun artifice pour s'élever dans le ciel. D'aucune aile en carton ou en papier mâché. Ce qu'elle était en train de se dire, c'était qu'elle pouvait y arriver comme ça, avec beaucoup de volonté et juste en secouant un peu les bras, comme elle avait vu faire ce jeune Chinois au pyjama orange quelques minutes auparavant.

Voler.

C'était un rêve nocturne récurrent chez elle. Il lui suffisait d'exécuter quelques mouvements de brasse pour décoller du sol et s'envoler. Elle nageait dans les airs au-dessus des villes et des rivières comme un oiseau, libre de son poids. Mais comme son nom l'indiquait, ce rêve n'était qu'un rêve. Après, elle se réveillait et la gravité de la Terre la clouait au plancher des vaches pour le restant de la journée. Elle essaya de se rappeler si l'un de ces rêves était en couleurs. Parce que quand elle avait l'âge de Zahera, elle avait appris que ce que vous rêviez un vendredi soir en couleurs était un rêve prémonitoire, et qu'il se produirait donc dans la vie réelle. Pour de vrai, comme on disait. Oui, ça elle l'avait rêvé en couleurs. Mais elle avait rêvé tellement d'autres choses en couleurs aussi. Qu'elle gagnait au loto, par exemple. Et elle attendait encore que la Française des jeux lui envoie le chèque… C'était le temps de l'innocence tout ça. Le temps des cerises. Enfin, le temps des Mister Freeze.

Providence était une adulte maintenant, mais elle avait gardé un coin d'enfance en elle, un truc que les adultes appellent « crédulité », et ce malgré les grosses claques que la vie lui avait données. Voler. C'était de la folie de croire en une chose pareille, mais après tout, pourquoi pas ? Qu'est-ce qui l'empêchait de rêver les yeux ouverts ? Ce n'était pas interdit de rêver, et c'était gratuit. Et puis, elle avait bien vu de ses propres yeux ce Chinois s'élever de quelques centimètres dans les airs au milieu de ce terminal surpeuplé.

Oui, c'était fou, mais elle avait réussi des choses bien plus compliquées et impossibles dans sa vie. Par exemple, adopter une petite fille marocaine de sept ans atteinte de mucoviscidose quand on est une femme seule et que l'on ne gagne qu'un seul salaire, le salaire d'un facteur. Ou pis encore, d'une factrice.

Alors pourquoi ne pas reproduire le miracle ?

Les juges français appuyaient rarement ce genre de dossiers, mais elle était tombée sur un avocat exceptionnel qui avait plaidé sa cause avec brio. Elle avait appris que dans la vie, il suffisait de s'entourer des bonnes personnes pour réaliser ses rêves. Que rien n'était impossible lorsqu'on désirait plus que tout quelque chose et que le destin mettait la personne adéquate sur notre chemin.

Et puis, elle avait bien marché avant tout le monde, couru avant tout le monde, nagé avant tout le monde. Pourquoi ne serait-elle pas capable de voler avant tout le monde, et d'épater une nouvelle fois ses pédiatres de parents ? Peut-être que le sixième orteil de son pied droit avait cette fonction, celle de lui permettre de voler. Peut-être était-ce un petit gouvernail. Parce qu'à trente-cinq ans, elle n'avait toujours pas trouvé de raison utile à cette drôle d'excroissance. Or, dans cette vie, tout avait forcément une raison d'être. Elle ne croyait pas au hasard. Cet orteil qu'elle avait en plus ne lui était pas nécessaire, mais il la rendait unique dans ce monde.

Si l'amour donnait des ailes, comme on l'avait toujours dit, alors pourquoi cet immense amour qu'elle avait pour Zahera ne lui en donnerait-il pas ? Si nous avions été des poissons et des chats dans le passé, comme le pensaient Leila et Zahera, il n'était peut-être pas si fou de penser que nous avions aussi été des oiseaux. Si nous avions été des animaux de l'eau et de la terre, pourquoi n'aurions-nous pas connu également les éthers de l'air ?

Providence secoua la tête, comme si elle avait pu, par ce simple geste, balayer d'un seul coup ces idées absurdes qui lui embrumaient le cerveau. La fatigue était sans doute en train de lui jouer un mauvais tour. Ce n'était pas possible qu'une femme de trente-cinq ans, même pas blonde[1], équilibrée et saine, croie possibles de pareilles inepties.

Mais si c'était vrai et qu'elle passait à côté, elle ne s'en remettrait jamais. Cette folle journée était un signe. Cette rencontre avec le pirate de l'air chinois en était un autre. Un regain d'espoir l'envahit. De toute façon, maintenant, elle n'avait plus rien à perdre. Le pire était arrivé. Son vol avait été annulé. Plus rien ne la retenait ici.

Elle sourit. On aurait dit qu'elle n'attendait que cela depuis le début, que son vol disparaisse, pour qu'elle se donne enfin les moyens de se prouver qu'elle était prête à tout pour aller récupérer sa fille. Même l'improbable.

Confiante, elle entra dans la navette dont les portes venaient de s'ouvrir tout en priant pour que le français de Maître Hué soit plus contemporain que celui de son distributeur de tracts.

---

[1]. Loin de moi l'idée de m'associer à cet ignoble mouvement de mystification mondiale tendant à faire croire que les blondes sont moins intelligentes que les brunes.

— C'est vrai que tout aurait été bien plus simple avec des avions téléguidés, résuma le coiffeur.

— Ou des nuages téléguidés, ajoutai-je. En actionnant un simple bouton, Providence aurait pu faire disparaître de son ciel cette terrible bête noire, et les avions auraient décollé. De son côté, aux commandes d'un nuage téléguidé, Zahera aurait pu faire sortir le mal de sa poitrine pour pouvoir respirer. Oui, la vie serait bien plus simple, et les gens bien plus heureux.

— On ne dirait pas comme ça, mais même dans le monde de la coiffure, les nuages téléguidés seraient d'une grande utilité. Regardez, par exemple, mes clientes ne viennent jamais quand il pleut. Ça les fait boucler. Et puis je ne parle même pas de leur brushing qui, une fois arrivées à la maison, s'est transformé en serpillière. Non, vraiment, tout le monde est concerné. Montrez-moi un agriculteur qui ne serait pas ravi de pouvoir contrôler les éléments au-dessus de son terrain.

Si on y pense, c'est fou tous ces gens aux quatre coins du monde qui, au même moment, rêvent de nuages téléguidés…

Le kiné était arrivé un peu plus tôt que d'habitude.

Il avait salué la petite fille et s'était assis sur le lit à côté d'elle. Pour la première fois depuis deux ans, il avait pu voir une lueur de tristesse dans ses yeux, cette même tristesse qui l'habitait avant que le destin ne mette Providence sur sa route. La période pré-Providence, comme il se plaisait à dire. Il fallait le reconnaître, cette Française avait fait un bien fou à Zahera. Et à lui aussi d'ailleurs. Quand elle venait voir la fillette, pendant ses séjours répétés à Marrakech, il passait plus souvent à cet étage-là. C'était une femme splendide. Et si sympathique. Ce qu'il aimait par-dessus tout, c'était sa manière d'ouvrir les portes du monde à la petite fille, tous ces cadeaux qu'elle lui apportait, cet amour fou, cette gentillesse. Il n'avait jamais vu personne parcourir autant de kilomètres pour venir voir une enfant malade, une enfant qui, de surcroît, n'était pas la sienne, juste pour lui donner quelques heures de bonheur. Comme ce jour où la jeune femme était arrivée avec un paquet d'étoiles phosphorescentes dans les mains.

L'astronomie, c'est un truc de petit garçon, les filles sont plus terre à terre, avait pensé Rachid le kiné. Mais il savait qu'en France, on s'efforçait d'estomper les différences entre les deux sexes, parce que c'était plus juste. Et puis, Providence n'aurait jamais pu interdire quoi que ce soit à la fillette juste pour une question de genre. Cela aurait été déplacé venant d'une femme qui préférait que l'on dise *facteur* à *factrice*.

En voyant son cadeau, Zahera avait bondi au plafond encore dénué d'étoiles.

— J'ai tellement envie d'aller là-haut, avait dit la petite Marocaine en désignant les morceaux de plastique phosphorescent que, sur ses instructions précises, Providence collait un par un, en équilibre sur un tabouret.

— Comme ça, tu y seras déjà un peu, ma chérie.

— Je prendrai la fusée depuis Paris. Cette étoile, plus à droite !!!

— Il n'y a pas de fusée à Paris, avait répondu Providence en déplaçant l'étoile de quelques centimètres. Enfin, pas pour l'instant. Mais ça pourrait s'arranger si tu venais y vivre…

Elle avait lâché cela l'air de rien et avait guetté la réaction de la jeune fille du coin de l'œil, pendant que ses mains tremblantes s'évertuaient à coller le morceau de plastique et ne rien laisser transparaître. Le visage de Zahera s'était illuminé comme une étoile phosphorescente en pleine nuit.

— Oh oui ! avait-elle crié. Vrai de vrai ?

— Vrai de vrai, avait répondu la Française, soulagée que la petite accepte sa proposition avec autant de joie.

La fillette s'était précipitée sur les jambes de la factrice et les avait enlacées avec force, comme un rugbyman s'apprêtant à plaquer un joueur de l'équipe adverse.

— Tu vas me faire tomber !

Rachid avait souri. Elles avaient une telle complicité. On aurait dit qu'elles s'étaient trouvées. Elles se sont adoptées ces deux-là, avait-il pensé sans savoir que la Française finirait par donner à ce mot tout son sens en prenant officiellement Zahera sous sa protection.

— À quelle heure se couche le soleil ce soir, mademoiselle l'astronome ? avait demandé Providence, en descendant de son tabouret et en regagnant le plancher des dromadaires.

Zahera avait consulté un petit cahier qu'elle gardait comme un trésor, sous l'oreiller.

— 19 h 37.

— Bien. Alors tu verras dans quelques minutes quelque chose que tu n'as jamais vu.

Et juste après, alors que les ténèbres avaient gagné le dortoir, les étoiles s'étaient mises à briller comme par magie. Comme si ce plafond de ciment gris avait fondu tel du chocolat sous le soleil et avait révélé aux yeux émerveillés de la fillette le beau ciel étoilé du Maroc.

Aujourd'hui, Providence leur enlèverait leur petite fille et ils seraient tous tristes de la voir partir. Elle vivait ici depuis qu'elle était née. Elle faisait partie de cette famille. Mais c'était avec un immense plaisir, aussi, qu'ils allaient la voir traverser le dortoir pour la dernière fois et fouler de ses petits pieds le chemin de cailloux qui menait à la grande route. Ils seraient tous à la fenêtre quand elle se retournerait avant d'entrer dans l'ambulance qui les mènerait à l'aéroport.

Rachid et Leila savaient qu'elle serait soignée en France par les meilleurs médecins. Providence s'y était engagée. Il n'y avait pas de traitement curatif pour la mucoviscidose, à part la transplantation pulmonaire, mais les progrès avaient permis d'améliorer la qualité de vie des patients. Et puis, là-bas, de l'autre côté de la Méditerranée, il fallait bien reconnaître que la longévité des malades était un peu plus grande.

Rachid posa sa main dans celle de Zahera.

— Elle n'a pas appelé, pas vrai ? lui demanda-t-il.

— Non. Elle m'a oubliée. Il est 11 h 00, tu te rends compte ! L'avion devait arriver ce matin à 07 h 15 à Marrakech, heure locale. Le taxi ne met quand même pas quatre heures pour venir de l'aéroport ! Même une charrette tirée par un âne arriverait plus vite.

On ne pouvait pas faire confiance à une maman téléguidée. Il y avait bien un moment où elle cessait de fonctionner, où les piles se vidaient, où quelque chose se cassait dans le mécanisme, comme tous ces jouets qui éblouissent les yeux des enfants à Noël et finissent à la poubelle avant le jour de l'an. Sa maman ne viendrait plus.

La fillette essayait de calmer une crise de nuage imminente en caressant un petit dromadaire en peluche. Ces derniers jours, elle faisait peine à voir. Elle était d'une blancheur cadavérique. Si blanche qu'elle en était bleue. Car on voyait, au travers de sa peau fine, de longues veines semblables à celles des colonnes en marbre corinthiennes. Elle avait encore perdu beaucoup de kilos, en même temps que sa cage thoracique avait doublé de volume. Son petit cœur s'épuisait. Elle n'avait plus qu'un souhait. Mourir ou partir en France. Elle avait même mis son tee-shirt *I love Paris* pour l'occasion, son tee-shirt préféré. Ses doigts serrèrent le dromadaire.

— Je ne pense pas, Zahera. Elle a sans doute eu un problème. Comment pourrait-elle t'oublier ! Tu sais, il y a souvent des grèves de pilotes ou de contrôleurs aériens en France. Ils pensent qu'ils ne sont pas bien payés, ou qu'ils ne travaillent pas dans de bonnes conditions. Qu'est-ce qu'on devrait dire, nous ?

— Les Airbus A320 de Royal Air Maroc devraient être téléguidés, comme les mamans.

— C'est bien connu, les petites filles rêvent toutes d'un Airbus A320 téléguidé pour Noël, ironisa gentiment Rachid.

— Sauf que Noël, pour moi, c'était aujourd'hui, en plein mois d'ao…

Elle n'eut pas le temps de terminer sa phrase. Tout cela, c'était bien trop pour les frêles épaules d'une si petite fille. Elle avait mis tout son espoir dans cette journée. Alors, alimenté par le stress, la tristesse et la colère, le nuage qui l'étouffait peu à peu gonfla soudainement dans sa poitrine comme du lait bouillant déborde d'une casserole, et lui brûla les poumons. Une violente quinte de toux la secoua, tachant ses draps blancs de confiture de fraises.

— Zahera ! cria Rachid.

Puis il la positionna de côté et commença à la masser énergiquement pour qu'elle expulse ces gros morceaux de coton, ces gros morceaux de nuages qui lui obstruaient les voies respiratoires. Une tempête venait de naître au plus profond de son cœur et ravageait tout sur son passage, emplissant le dortoir d'effroi. Comme à chaque fois, tout le monde se tut. Les yeux noirs se remplirent de crainte et de tristesse. Tant de fois, elles avaient cru la perdre. Cette fillette, c'était leur baromètre d'espoir, leur petite lumière, leur force, leur flamme, et voilà que celle-ci s'éteignait comme une bougie sous un coup de vent du désert. Une vie ne pèse rien. Même sur notre Terre soumise à la gravité. Nous vivons quelque temps jusqu'à ce que la maladie vienne nous chercher et nous fasse monter avec elle vers ce plafond d'étoiles.

En plastique phosphorescent.

Made in China.

Dans la navette sans conducteur qui menait au RER, Providence prenait peu à peu conscience de ce qu'elle était en train de vivre. Car plus ses actes devenaient palpables et plus elle se heurtait à cette réalité folle comme un papillon dans une ampoule. Elle avait l'impression qu'elle avait été projetée dans un épisode de *La Quatrième Dimension*, et que, d'un coup, plus rien ne lui était impossible. Elle venait de s'affranchir des règles de la physique et de la raison, comme dans une BD de Marvel, convaincue que si un humain pouvait réaliser cet exploit de voler, c'était bien elle.

Dans d'autres circonstances, elle aurait trouvé son attitude absurde et aurait aussitôt fait demi-tour pour rejoindre ses pairs qui patientaient, comme autant d'adultes normaux et équilibrés, dans le marasme actuel de la gigantesque fourmilière d'Orly. Pourtant, ce matin-là, tout était devenu possible. Elle était en chemin vers un quartier populaire de Paris pour suivre un stage ultra-intensif de vol dispensé par un maître chinois. Et cela lui semblait le plus naturel du monde.

Un homme avec une trompe d'éléphant à la place du nez serait entré à ce moment-là et se serait assis en face d'elle, que Providence n'aurait pas été plus étonnée que cela. D'ailleurs, c'est un peu ce qui arriva lorsque à trois stations de là, un homme enturbanné, grand, sec et noueux comme un arbre, le visage barré d'une gigantesque moustache, déposa avec minutie sur le siège d'à côté une planche carrée en bois hérissée de clous et s'assit dessus avec autant de naturel que s'il s'était assis sur une feuille de journal pour ne pas tacher son pantalon. Il ouvrit un livre dont le titre s'étalait en lettres bleues sur l'ensemble de la couverture jaune fluo et commença à rire bruyamment, affichant deux grandes rangées de dents blanches et faisant valdinguer ses piercings dans tous les sens.

Bien, me voilà assise à côté d'un fakir et en route vers le cabinet d'un grand maître spirituel chinois pour apprendre à voler comme un oiseau, pensa-t-elle. Rien de plus extraordinaire ne pourrait m'arriver.

Elle se trompait.

Voilà, Providence était devant l'homme le plus puissant du monde.

L'homme qui connaissait le secret des oiseaux. L'homme qui lui apprendrait à voler au-dessus des nuages.

Le Suprême Maître chinois Hué. Le Maître 90 (bien que la jeune femme ne pût apprécier la justesse de ce titre puisqu'il était assis). Un Sénégalais enveloppé dans une djellaba verte et coiffé d'un bonnet troué et crasseux du PSG sur la tête. Son trône : une chaise de camping bon marché au dossier en jute à moitié déchiré. Son sceptre : un stylo Bic quatre couleurs.

— Quoi ? demanda l'homme à la fois intrigué et offusqué par l'attitude de cette femme qui le dévisageait sans rien dire depuis qu'elle était entrée dans son bureau.

— C'est que… je ne vous imaginais pas comme ça.

L'homme explosa de rire. Un rire semblable à

un ressort grinçant de sommier ou à un vigoureux coup de scie.

— Je vous fais plus d'effet ?

— On peut dire ça comme ça, oui…

— Je parie que vous pensiez que j'étais chinois !

— Il y a de ça aussi… reconnut Providence, énervée.

— Je sous-traite.

— Oh, vous sous-traitez, répéta-t-elle agacée.

— Oui, je sous-traite la main-d'œuvre. Où avez-vous eu le tract ?

— Orly.

— Ah, vous avez donc rencontré Tchang ! Ce n'est pas son vrai nom, le sien est imprononçable, alors je l'appelle Tchang, comme dans *Tintin*. Un chouette garçon. Il travaille bien. Même s'il parle un peu bizarrement. Il a appris notre langue en regardant la version française de *Pirates des Caraïbes*. Je n'avais que ça sous la main. Ça se ressent. Mais bon, il ne faut pas lui en vouloir, il y a trois semaines à peine qu'il est arrivé en France. Vous imaginez, vous, si vous deviez apprendre le chinois en trois semaines !

Non, Providence ne s'imaginait pas apprendre la langue de Confucius en si peu de temps. Surtout en regardant des blockbusters du cinéma américain. Avec *Star Wars* comme professeur de mandarin, elle pourrait à peine espérer atteindre, en trois semaines, le niveau de Chewbacca. Et encore… Oui, après tout, Tchang devait être un génie. Un génie, peut-être, mais avec un goût vestimentaire douteux et une forte propension au mensonge. Elle avait le désagréable sentiment de s'être fait arnaquer sur toute la ligne. Tchang lui avait menti de manière éhontée. En effet, à moins qu'il n'ait le visage et les bras tartinés de cirage à chaussures noir, Hué était bel et bien un marabout africain.

— Et ce nom, Hué... dit la factrice qui exigeait une explication.

— Chuuutt ! Ne prononcez pas mon nom, malheureuse. Les murs ont des oreilles. Je suis très jalousé, vous savez, le pouvoir attire les charognes. Ce nom chinois, c'est une question de marketing. Ne soyez pas fâchée. Comprenez-moi, plus personne ne se fie aux sorciers africains de nos jours. La profession a été décrédibilisée par des charlatans de la pire espèce et on en paye encore le prix. Répondez franchement, si vous aviez lu Professeur M'Bali sur la pub, vous seriez venue ?

— Sûrement pas ! répondit la jeune femme, tranchante.

Son sentiment de s'être fait arnaquer atteignait des niveaux himalayesques de seconde en seconde.

— Vous voyez ! J'ai réussi à susciter l'intérêt en vous. De nos jours, tout le monde a une confiance aveugle dans les Chinois. Avec leur air de ne pas y toucher et leurs grands sourires. Mais ça, c'est un coup des francs-maçons. Vous verrez dans quelques années... quand l'effet de mode sera passé, plus personne ne voudra avoir affaire à eux. La roue tourne. Et on reviendra aux marabouts africains ! Rappelez-vous ce que je vous dis. En attendant, je surfe sur la vague.

Il désigna le diplôme qui pendait au mur derrière lui et sur lequel le président de la République certifiait que monsieur M'Bali avait réussi avec succès les épreuves d'admission au rang de Suprême Maître Hué de l'Humble Caste des Mantes Tricoteuses.

— Un gage de qualité et de confiance.

Providence soupira, résignée. Impossible de lutter.

— Vous savez, moi, que vous soyez chinois, sénégalais ou monégasque, je m'en fous un peu, du moment que vous trouvez une solution à mon problème. J'ai déjà assez perdu de temps en métro pour venir jusqu'ici. Je suis pressée, si cela ne vous embête pas.

L'homme leva la main.

— Oh là, ma petite dame... s'exclama-t-il comme il l'aurait fait pour tranquilliser une jument sauvage, chose qu'il n'avait jamais eu à faire jusque-là car l'occasion ne s'était jamais présentée. D'abord, il va falloir que vous vous calmiez un peu, ensuite vous me direz de quelle utilité je peux être pour vous.

— Je...

— Chuttt ! D'abord, présentement, vous vous

calmez. Je vais en profiter pour manger mon repas de midi.

Le sorcier sortit d'une glacière posée à ses pieds un sandwich sous cellophane et un yaourt à la framboise de Lidl. L'homme le plus puissant du monde mangeait des sandwichs de gare et des yaourts discount.

Providence respira profondément. Une petite pause ne lui ferait pas de mal après tout. Débrancher la machine pendant quelques secondes. Elle décida de s'en remettre au supporter du PSG qu'elle avait en face d'elle. Et puis sa voix et son expression avaient quelque chose d'apaisant. Que c'était bon de se soumettre pour une fois ! Ne plus penser à rien. Être un simple exécutant. Elle se plongea alors dans la contemplation silencieuse de ses ongles, dont le vernis rouge s'écaillait.

— Bien, dit-il lorsqu'il termina de s'essuyer la bouche avec un morceau de papier essuie-tout, quelques minutes plus tard. Je vous écoute.

— Voilà, je souhaiterais quelque chose d'impossible.

— Vous êtes une femme, c'est normal.

Providence préféra ne pas relever cette remarque machiste et se promit de rester zen durant tout l'entretien.

— Je souhaiterais apprendre à voler.

— Il y a des écoles pour cela.

— Je ne vous parle pas d'apprendre à piloter un avion. Je veux voler comme ça.

Elle fit de grands mouvements de bras, comme si elle était en train de s'aérer les aisselles.

— Vous voulez apprendre à voler en faisant de grands mouvements, comme si vous vous aériez les aisselles.

— C'est ça, dit Providence.

— Pas de problème.

— Ah bon ! Ma demande ne vous étonne pas plus que ça ?

— Un oiseau né en cage pense que voler est une maladie.

— Je ne vois pas le rapport.

— Il n'y en a pas, j'aime bien sortir des citations, pour le plaisir. Celle-là est d'Alejandro Jodorowsky.

— D'accord. Et donc... Pour ma petite affaire...

— Nous pouvons commencer présentement la semaine prochaine.

— Présentement ou la semaine prochaine ?

— La semaine prochaine.

— Je vous serais reconnaissante d'arrêter de dire « présentement » quand en fait vous voulez dire « la semaine prochaine ». C'est agaçant et trompeur ! Regardez votre truc, là, et dites-moi si on ne peut pas faire cela « présentement ».

L'homme consulta l'agenda en cuir que lui désignait sa cliente et dont toutes les colonnes étaient vides jusqu'en 2043.

— Je suis débordé en ce moment, dit-il, à la grande surprise de Providence.

— Votre agenda est vide !

— Le vide et le plein sont des notions relatives et subjectives.

— Je ne peux pas attendre autant, dit la factrice en prenant son air déconfit numéro 4, celui de la dernière chance.

— On peut commencer vendredi alors. Et puis vous viendrez tous les vendredis suivants. C'est mieux ?

— À vrai dire, je pensais que vous pourriez m'apprendre à voler en une heure, en une seule fois. Là, maintenant. Présentement, comme vous dites.

— Cela va être difficile.

— Vous savez pourquoi il fait toujours beau au Maroc ?

— Non.

— Parce qu'une petite fille a mangé tous les nuages. Jusqu'à s'en rendre malade.

En deux minutes et trente phrases, la jeune femme mit l'Africain au courant. Le temps qui passait, Zahera, le nuage qu'elle avait avalé, la confiture de fraises, cette ignoble maladie, sa promesse.

— Apprendre à voler en une heure, répéta l'homme d'un air pensif quand elle eut terminé son récit.

— S'il vous plaît.

— Je vais voir ce que je peux faire mais ôtez-moi cette petite mine déconfite numéro 4 de votre visage. Ces choses ne marchent pas sur moi. Je suis un sorcier. Bien, je vais vous aider. Je vais sous-traiter cette affaire.

— C'est une manie chez vous !

— Ainsi va notre monde…

— Je vais donc apprendre à voler ?

— Je viens de vous le dire.

La jeune femme n'en revenait pas. Il devait y avoir un piège quelque part. Tout cela paraissait trop beau, trop facile.

— Juste une petite curiosité. Si vous êtes capable d'apprendre à voler aux gens, alors pourquoi ne voit-on pas plus de personnes que ça voler dans le ciel ?

— Parce que tout le monde n'en a pas les capacités. Très peu d'humains d'ailleurs peuvent prétendre voler. Presque aucun d'ailleurs. Voire zéro.

— Zéro ?

— Bon, j'en connais bien un, dit-il après avoir hésité trois secondes.

— Vous voulez dire que vous n'avez enseigné à voler qu'à une seule personne !

— Pour être plus précis, disons que j'ai appris à voler à un tas de patients (le mot amusa Providence) mais que je n'ai réussi qu'avec un seul.

Il y avait du regret et de la nostalgie dans sa voix.

— Tchang est donc le seul homme qui sait voler au monde, conclut la jeune femme.

— Tchang ? Tchang ne sait pas voler, corrigea l'homme intrigué.

— Je l'ai vu à l'aéroport, comme je vous vois maintenant. Il a flotté au-dessus du sol.

— Ah, ça ! Oui, Tchang lévite, effectivement. Mais il ne vole pas. Il y a une grande différence, vous savez, entre s'élever de quelques millimètres et nager parmi les nuages.

— Vous excuserez mon ignorance ! Il y a quelques secondes encore, je pensais que la gravité condamnait l'homme à rester cloué au sol et j'apprends maintenant qu'il y en a qui lévitent et d'autres qui volent !

— Avant d'apprendre les choses, on les ignore.

— Belle lapalissade ! Et votre élève, qu'est-il devenu ? Si ce n'est pas indiscret.

— Oscar ? Il était laveur de vitres du plus haut gratte-ciel du monde, à Dubaï, jusqu'à ce qu'il... s'écrase.

Un frisson parcourut le corps de Providence.

— Je suis désolée. Enfin, ce qui m'étonne quand même, c'est qu'après avoir appris à voler comme un oiseau, son unique ambition ait été de nettoyer des vitres.

— Vous êtes un peu dure avec lui. Chacun s'arrange avec les pouvoirs qu'il possède. Et puis, il faut garder ses pouvoirs secrets, dans la mesure du possible. Regardez-moi, je suis l'homme le plus puissant du monde et je fais tout mon possible pour que cela ne se voie pas…

— Et vous y arrivez admirablement bien !

— Merci. À l'heure qu'il est, je pourrais très bien être en train de siroter un Cuba libre sur mon yacht, dans les Seychelles, les doigts de pied en éventail, pourtant j'ai choisi de consacrer ma vie aux autres, à arranger leurs problèmes (la jeune femme entendit Tchang crier *Problèèèèmes* dans sa combinaison fluo). J'essaye d'apprendre aux autres à sortir ce qu'ils ont de meilleur en eux. Voilà pourquoi je suis là, à Barbès, dans un petit appartement miteux, sans clim, à chercher une solution à ce souci qui vous ronge. Car je ne pourrai pas dormir tant que je ne vous aurai pas rendue heureuse…

— … Si tous les hommes étaient comme vous !

— Il ne faut pas se vanter de son pouvoir, mais plutôt l'utiliser pour une cause noble. C'est un moyen, pas une fin. Or, pour moi, laver des carreaux à Dubaï est une chose noble. Oscar était un bon garçon.

L'homme se recueillit quelques secondes. Il ôta son bonnet du PSG et s'essuya le front. Providence se demanda pourquoi bon nombre d'Africains portaient des bonnets de laine en été. Et encore plus dans un appartement sans ventilation. Un vrai four. Elle, elle aurait arraché son tee-shirt et son jean et se serait immergée tout entière dans une baignoire remplie de glaçons.

— Voler comme un oiseau, reprit le marabout, à nouveau parmi nous. Le fantasme de l'homme depuis qu'il est homme. Nous sommes un animal presque complet. Nous marchons, nous courons, nous nageons, nous rampons, nous avons presque toutes les compétences des autres animaux. Seule nous manque la capacité de voler par nos propres moyens. Mais nos os sont trop lourds et nous n'avons pas d'ailes. Nous sommes bien trop souvent rattachés à des choses terre à terre pour pouvoir nous affranchir de ces chaînes qui nous retiennent au sol et décoller pour de bon. L'homme accomplit déjà de merveilleuses choses. Il parle, il rit, il construit des empires, il s'adapte à tous les environnements, il croit en Dieu, il tourne des films pornos gays, il joue au Scrabble, et il mange avec des baguettes. Quel animal, même le plus intelligent, peut se vanter d'en faire autant ? L'homme vole dans les nuages aussi. Il triche, certes, mais il vole. Dans des avions, des montgolfières, des dirigeables. Mais il ne vole pas par ses propres moyens. Et c'est peut-être là, la seule chose qu'il lui manque, la seule chose qu'il ne sait pas faire. Alors, il n'est pas content. Il est frustré. Il trépigne comme un enfant auquel on refuse un jouet. Votre histoire, c'est un peu comme ces blagues que les gamins se racontent dans les cours de récréation. C'est l'histoire d'un Anglais, d'un Espagnol, d'un Allemand et d'un Français qui…

Eh bien là, c'est l'histoire d'une Française, d'un Sénégalais et d'une Marocaine...

— ... Ce n'est pas pour vous brusquer, mais serait-il possible de commencer l'apprentissage ? coupa la jeune femme.

L'homme sourit.

— Vous l'avez déjà commencé.

— Pardon ?

— « L'apprentissage, vous l'avez déjà commencé. » Non, rien, c'est une réplique de film. *Karaté Kid*, je crois. Bref, l'apprentissage, vous l'avez commencé. En quelques minutes, nous avons avancé bien plus que ce que vous pensez. J'ai vu qui vous étiez vraiment. Or, on ne peut pas apprendre à piloter un avion de chasse avant de savoir pousser une brouette.

Quelquefois les images de l'homme relevaient du message codé. Avait-il été espion pendant la guerre ? Quelle guerre d'ailleurs ?

— Vous pourriez être plus clair. Je ne vous suis pas du tout.

— Je veux simplement dire que vous avez déjà tout pour pouvoir voler. Il ne vous manque plus qu'une chose : il vous faudra apprendre à canaliser votre énergie, à concentrer votre force dans le seul objectif de voler. Ne pas vous éparpiller et ne pas dépenser en vain ce fluide rare qui court dans vos veines. On voit que vous êtes une femme intense, que vous vivez la vie à mille à l'heure. Mais quelquefois, il faut savoir prendre son temps pour en gagner... Pour le reste, vous avez tout ce qu'il faut. Comme dirait mon autre distributeur de tracts chinois, Bruce Lee (oui, j'étais un peu à court d'idées) : « Vous voler au septième ciel que si vous beaucoup d'olgasmes d'amoul dans le coeul. »

— *Orgasmes de moules dans le cul ?* répéta la jeune femme qui n'osa pas demander avec quel genre de vidéos le nouveau venu avait appris la langue de Molière.

— « Dans le coeul », répéta l'homme en se frappant sur la poitrine. « Le cœur. » Il prononce les « r » comme des « l ». Lui, ça ne fait que trois jours qu'il est là.

— Ah...

— Et je vois que votre cœur en déborde.

— De quoi ?

— D'amour.

— Ah.

— En ce qui me concerne, je vous ai appris tout ce que je pouvais vous apprendre. Pour le reste, vous verrez ça au monastère.

Providence sursauta.

— Au monastère ?

Impassible, Maître Hué ouvrit le tiroir de son bureau et en sortit un bloc de feuilles blanches à en-tête.

— Oui, vous vouliez bien apprendre à voler en une heure, non ?

— Euh... Oui.

— Bien, je vais donc vous prescrire un stage ultra-intensif de méditation dans un temple tibétain agréé. Vous leur donnerez ça de ma part.

Il gribouilla deux, trois mots avec la mine bleue de son Bic quatre couleurs et signa. Providence n'en revenait pas. L'homme était en train d'écrire sur une ordonnance. Le marabout sino-africain de Barbès se prenait pour un médecin.

— Vous êtes malade ! s'exclama-t-elle lorsqu'elle comprit qu'il voulait l'envoyer dans un temple tibétain. Vous voulez m'envoyer méditer en Chine alors que tous les avions sont cloués au sol ! À moins que vous ne comptiez m'y envoyer en volant. Si c'est le cas, autant aller à Marrakech de suite !

Elle s'était levée d'un bond et cherchait dans sa poche un billet de dix euros pour le lui balancer à la figure. C'était tout ce qu'il méritait, pour lui avoir fait perdre son temps précieux, et laissé miroiter des choses. Et encore, il avait de la chance qu'elle n'appelle pas la police.

— Vous vivez sur le dos des gens et leur donnez de faux espoirs ! Vous n'êtes qu'un…

— Qu'un… ?

— Qu'un charlatan africain… qui se prend pour un charlatan chinois, par-dessus le marché !

— Vous avez beaucoup à apprendre en matière de patience et de calme. Je doute que ce stage ultra-intensif soit d'une quelconque efficacité sur vous, madame la puce sautillante. Mais si cela vous intéresse, je vois en vous une capacité extrasensorielle puissante. Vous serez la deuxième personne que j'aurais réussi à faire voler et la seule aujourd'hui puisque Oscar n'est plus de ce monde. Je sens ce pouvoir en vous. C'est juste que vous n'avez jamais essayé de voler auparavant, c'est tout.

— Encore une réplique de film de kung-fu de série B ?

— Non, ça c'est de moi.

— Si je comprends bien, vous voulez m'envoyer dans un temple tibétain en Chine !

— Qui vous a parlé d'un temple tibétain en Chine ? D'ailleurs le Tibet n'est plus en Chine. Ou ne l'a jamais été. Je ne sais plus, je n'y comprends rien à leurs histoires de Chinois.

— Chine ou Japon ou je-ne-sais-où-en-Asie, la belle affaire ! Je vous ai dit qu'aucun avion ne décolle aujourd'hui !

— Pas de problème, vous irez au temple en RER.

— Mais bien sûr ! s'exclama théâtralement Providence en se tapant le front du plat de la main. Quelle idiote ! Il n'y a aucun problème, puisque j'irai en RER ! Dites, vous êtes sérieux ? Vous voulez que j'aille en Chine en RER ?

— Je viens de vous dire que le temple n'est pas en Chine.

— Non, vous m'avez dit que le TIBET n'était pas en Chine.

— Non, d'abord, je vous ai dit : *Qui vous a parlé d'un temple tibétain en Chine ?*

— OK. Stooooop ! Je vous dis juste qu'il est hors de question que j'aille en Chine.

— Et Versailles, c'est en Chine ?

— Et mon cul, c'est du poulet ? Je ne vois pas le rapport, répondit Providence qui était plus remontée qu'une pendule et plus perdue que Louis de Funès dans un épisode de *Star Wars*.

— Le rapport, c'est que vous irez à Versailles.

— Quand ?

— Une fois cette conversation terminée.

— Et qu'est-ce que j'irai faire à Versailles ?

— Vous irez au temple de Versailles.

— Vous voulez sans doute parler du Château de Versailles.

— Ça serait bien si vous suiviez un peu… Non, je parle du temple tibétain de l'Humble Caste des Mantes Tricoteuses. Il est à Versailles.

— Ah. Ceux qui tricotent ? Il fallait le dire de suite ! s'exclama la factrice ironique.

— J'ai essayé. Avant 15 h 00 cet après-midi, si vous écoutez bien tout ce que l'on vous dit, ce dont je doute, vous volerez comme un oiseau. Et ce soir, comme vous l'avez promis, vous pourrez prendre votre fille dans vos bras.

Abasourdie, la jeune femme saisit la carte de visite que lui tendait le marabout. Il y avait inscrit une adresse et une station de RER.

— Ça fera 23 euros. Je ne prends pas la carte bleue.

— 23 euros ? C'est le tarif d'une consultation chez un médecin, dit Providence sans quitter la carte des yeux. Un temple tibétain à Versailles ?

Elle n'en revenait pas.

— Et en plus, c'est remboursé par la Sécurité sociale, ajouta le vrai faux Chinois.

Lorsque Providence fut assise dans le métro qui l'emmènerait vers la destination la plus exotique, sinon la plus folle, de sa vie, elle repensa aux paroles de Maître Hué : « Votre histoire, c'est un peu comme ces blagues. C'est l'histoire d'une Française, d'un Sénégalais et d'une Marocaine... »

Il avait raison, son histoire, ça commençait comme une blague, mais au final, c'était loin d'en être une. Parce que Zahera se mourait.

DEUXIÈME PARTIE

Lorsqu'ils ne prient pas, les moines tibétains écoutent Julio Iglesias

Situation : temple tibétain, Versailles (France)
Cœur-O-mètre® : 2 087 kilomètres

En 1997, une dizaine de moines de l'Humble Caste des Mantes Tricoteuses avaient été chassés du Tibet après avoir été surpris en train de planifier l'ouverture d'une usine Ferrari dans leur temple. Inspirés par un best-seller de l'époque, *Le moine qui vendit sa Ferrari*, ils avaient décidé de faire l'inverse du héros du livre et de se lancer dans la construction automobile à grande échelle. *Les moines qui voulaient racheter Ferrari*, avaient titré les journaux locaux. Voilà comment, répudiés par leur altesse spirituelle, ils avaient atterri en France, dans la région parisienne, avec pour ferme intention de se lancer dans le commerce. Mus par la tradition monacale à la française, ils avaient vite abandonné leur idée de fabriquer des voitures de sport de luxe rouges et s'étaient lancés dans la confection de vêtements au fromage, une toute nouvelle tendance après les chaussures au pavot. Le petit temple bouddhiste de Versailles était ainsi devenu, en quelques années, l'une des entreprises florissantes de la région. Mais ces derniers temps, la crise avait lourdement affecté leur secteur, même s'ils en avaient le monopole. Le seul contrat de cette année s'était résumé à fournir des survêtements tricotés au roquefort à l'équipe olympique française de lancer de noyaux de cerises (une nouvelle discipline imaginée par le Comité national olympique suite à la surproduction mondiale de griottes de 2013). On avait envoyé le surplus (de survêtements, pas de cerises) à Fidel Castro, l'homme qui avait érigé le jogging en Lycra en modèle de bon goût et d'élégance.

Lorsque le RER la déposa à destination, Providence réalisa qu'il y avait autant de points communs entre Orly et ce temple tibétain qu'entre une fourmilière et un cimetière. La paix l'envahit d'un seul coup. Elle venait d'entrer dans une bulle de tranquillité. Le temps semblait s'être arrêté dans cette partie du monde.

S'il avait effectivement élu domicile dans la ville royale, le temple de l'Humble Caste des Mantes Tricoteuses était quand même plus proche du standing d'une baraque à frites que du Château de Versailles. À en juger par l'édifice et la grande inscription en fer forgé qui trônait avec fierté au-dessus de l'entrée, le lieu de culte tibétain s'était établi dans une ancienne usine Renault désaffectée et miteuse. Sur un panneau en plastique plus moderne, on avait peint, au-dessus du célèbre losange noir de la marque, une belle tête de mante religieuse, verte comme une feuille de menthe. On était loin du prestige du Roi Soleil et de la luxuriance des jardins d'André Le Nôtre.

Providence s'avança vers une petite porte en bois et donna un coup au frappoir doré en forme de tête de mante religieuse.

Un Mars et ça repart, pensa-t-elle, comme dans cette publicité où un jeune play-boy frappait à la porte d'un monastère pour devenir moine puis changeait d'avis après avoir dégusté une barre chocolatée. Mais elle avait envie d'aller jusqu'au bout de cette étrange aventure. Maintenant qu'elle était là, il aurait été idiot de faire demi-tour sans voir ce que ces mystérieux murs de briques cachaient.

Un petit homme d'une soixantaine d'années, la tête rasée, et vêtu d'une ample toge orange lui ouvrit et se présenta comme étant le Père supérieur, une sorte de Grand Schtroumpf de la communauté sans bonnet rouge et sans barbe. Avisé de la venue de Providence par le Sénégalais au bonnet troué, il n'était pas étonné de voir cette jolie jeune femme sur le pas de sa porte en ce bel après-midi d'été. D'un mouvement sec du bras, qui fit flotter un instant sa manche comme un drapeau orange (modèle Attention baignade dangereuse), il l'invita à entrer.

Ils traversèrent un patio intérieur, dans un coin duquel de tout petits moines jouaient à la pétanque avec ce qui semblait être des tomates vertes. Puis ils pénétrèrent dans une grande bâtisse recouverte de lierre. Dans le couloir d'entrée les attendaient deux répliques parfaites du vieil homme, mais en plus jeunes, que celui-ci présenta avec un grand sourire. On aurait dit des jumeaux. Des triplés, en comptant le Grand Schtroumpf. Petits, eux aussi, la tête rasée, emmitouflés dans une grande toge orange. Ce goût pour l'exubérance… et les drapeaux de baignade dangereuse.

À côté d'eux, le mot *supérieur* du titre *Père supérieur* recouvrait tout son sens, car s'il n'était déjà pas bien grand, le Maître dépassait de deux bonnes têtes ses confrères. Un instant, il sembla à Providence qu'elle était entourée d'enfants dans une cour de récréation.

Le prénom des deux moines, ou leur nom, elle n'aurait su le dire, était si difficilement identifiable que Providence opta d'un commun accord avec elle-même pour les baptiser Ping et Pong, en hommage à leur crâne en forme de balle. Elle les salua un à un en baissant la tête.

— Sinon, vous pouvez toujours les appeler Maître 30 et Maître 35.

La jeune femme, qui préférait les lettres aux chiffres, décida de conserver son premier choix. Ping et Pong.

— Le Maître Suprême, reprit le moine, m'a avisé de votre visite par télé…

— … pathie ? compléta la jeune femme.

— … phone, corrigea le sage, intrigué. Par téléphone. Je suis au courant pour votre fille qui a avalé un nuage grand comme la tour Eiffel. Vous n'avez pas beaucoup de temps.

Providence acquiesça de la tête. Enfin une personne sensée.

— Nous allons donc le prendre, continua-t-il.
— Quoi ?
— Le temps.
— Ah, répondit la factrice sans trop comprendre le paradoxe.
— Je vais vous raconter une histoire. L'amiral Oswaldo Kigliç était un grand explorateur. Un Cousteau à l'ancienne. Héritier d'une grande famille, il n'avait pas l'obligation de travailler et il passait son temps à voyager. Il prenait son globe terrestre, le faisait tourner et n'avait qu'à écraser son doigt dessus pour choisir sa prochaine destination. Égypte, Jordanie, Seychelles, Polynésie, Canada, Islande. Il avait tout exploré. Le chaud, le froid, la terre, la mer, le très haut, le très bas. Tout. Un jour donc, notre Oswaldo lance son globe et son doigt s'arrête sur une minuscule île perdue dans l'océan Pacifique entre les îles Galápagos et l'île de Pâques. C'est la règle, là où tombe son doigt doivent aller ses pieds. N'écoutant que son courage, l'aventurier met en place une expédition. Il ratisse la zone, en bateau d'abord, puis en petit avion. Aucune île en vue. Il persiste et affrète des sous-marins à radars. Rien n'y fait. L'île est introuvable. Mais Oswaldo n'est pas du genre à laisser tomber. Il est têtu. Son équipe décide d'abandonner le projet. Mais personne ne réussit à le convaincre. Déjouant la vigilance de ses hommes, il disparaît un beau matin dans une chaloupe. Il

sonde la mer et manque de mourir à deux reprises. D'abord noyé, ensuite dévoré par un requin. Il faut varier les plaisirs. Le soleil tape sous ces latitudes et les réserves de nourriture et d'eau douce s'épuisent vite. Au bout de quelques semaines, un navire commerçant qui passait par là le retrouve sur sa chaloupe au bord de l'eau et de la folie. Et paf ! Comme ses jambes ont perdu la force de porter cette folie, il finit en chaise roulante. Son nom, Kigliç, prononcé *Qui glisse*, prend alors tout son sens… Un sale virus qu'il aurait attrapé pendant cette expédition. Bref, un mois après, il pousse la porte de son petit appartement parisien et roule vers son globe terrestre, les yeux emplis d'incompréhension. Il s'approche de la boule bleu et jaune, prêt à lui lancer un sort, la maudire, l'insulter, prêt à la balancer par la fenêtre et à la briser en mille morceaux. Il pose son nez sur la petite île qui n'existe pas et qui pourtant est bien là, représentée par un petit point noir sur la surface bleue en plastique. Il passe son doigt dessus. L'île reste collée à la pulpe de son index.

Le moine leva son doigt et prit un ton solennel.

— L'amiral Oswaldo Kigliç, grand explorateur devant l'Éternel, vient de se rendre compte que l'île pour laquelle il a perdu la tête et les jambes n'est autre qu'un vulgaire petit moucheron écrasé. Un homme qui avait pris un moucheron pour une île…

Providence ne voyait pas bien où il voulait en venir.

— Je ne vois pas bien où vous voulez en venir.

— Tout ça pour vous dire qu'il ne faut jamais se précipiter dans la vie. Il faut parfois savoir prendre son temps pour en gagner… Bienvenue dans le temple où le temps s'arrête.

Le moine fit un grand geste pour lui indiquer l'endroit insolite où elle se trouvait. Le couloir qu'ils empruntèrent ressemblait au couloir d'un restaurant asiatique. Effectivement, le temps semblait s'y être arrêté dans les années cinquante. Une multitude de lampions en papier et autres grigris en plastique rouge étaient accrochés aux fenêtres. Un aquarium était posé sur une petite table et un tableau lumineux représentant une cascade était accroché au mur, de travers, tellement de travers que la chute d'eau semblait défier la gravité en coulant horizontalement.

Le moine, la factrice, Ping et Pong avancèrent, croisèrent un chat en métal doré qui balançait sa patte de haut en bas comme s'il voulait les attraper et débouchèrent dans un grand salon recouvert de tatamis. On aurait dit un grand dojo ou une grande salle de zumba. Cela rappela à Providence qu'elle devait renouveler son abonnement à la salle de sport.

Il avait bien fallu réaliser quelques aménagements pour transformer cette ancienne fabrique Renault en temple bouddhiste, surtout dans les zones d'assemblage, où une horde de monstres de fer agonisait. Mais avec le karma, rien n'était impossible. Les machines étaient devenues les féroces punching-balls sur lesquels les moines exerçaient leurs arts martiaux et l'entrepôt, un camp d'entraînement géant à la *Takeshi's Castle*, ce *Fort Boyard* japonais où les concurrents devaient parcourir un circuit plein d'embûches et de planchettes savonnées.

— Attendez ici, votre instructeur va arriver.

Le premier moine, suivi de Ping et de Pong, disparut sur la pointe des pieds par une porte dérobée.

Une fois seule, Providence fut assaillie par le doute. Elle se demanda si tout cela était bien sérieux. Dans quels draps s'était-elle encore fourrée ? La jeune femme regarda sa montre. Il était 14 h 00. Elle avait déjà perdu sa matinée et était en bonne voie de perdre le reste de sa journée dans une quête de l'absurde. N'était-elle pas, elle aussi, en train de prendre un moucheron pour une île ?

Mais on ne savait jamais.

Car l'île pouvait s'avérer être une île à la fin. Oui, ce serait beau si elle y parvenait. Si elle accomplissait ce rêve. Ce serait une belle histoire. L'histoire d'une mère qui avait appris à voler comme un oiseau pour aller rejoindre sa petite fille malade de l'autre côté de la Méditerranée. Ou s'était fait arnaquer par le réseau criminel sino-sénégalais de Versailles…

Elle reprit espoir. Il devait y avoir une raison pour qu'il lui arrive tant de choses aujourd'hui. La journée ne pouvait pas se terminer par un échec. C'était impossible.

Elle regarda autour d'elle. Les jolies inscriptions chinoises peintes à l'encre noire sur de grands posters, les paravents en bois sculpté, les lances redoutables en fer forgé posées contre le mur. Et le parfum du riz citronné qui envahissait la pièce et qui lui rappelait qu'elle n'avait pas mangé depuis tôt ce matin. S'il y avait bien sur cette Terre quelqu'un capable de lui apprendre à voler, elle le trouverait ici. Selon elle, les moines tibétains, qu'elle confondait avec les moines Shaolin, étaient les seuls à pouvoir léviter véritablement. Elle avait vu un reportage sur Arte, à une heure pas possible, sur cet étrange phénomène. À base de méditation, ils arrivaient à contrôler leur corps et s'affranchissaient même des lois de la physique. Leur corps était assujetti à l'esprit. Elle avait vu des démonstrations extraordinaires. Elle les avait vus dormir en équilibre sur la tête ou sur le petit doigt. Elle les avait vus prendre des coups de pied dans les testicules sans broncher. Elle les avait vus marcher pieds nus sur la braise incandescente et casser des manches à balais d'un coup de coude. Et tout cela sans aucun effort, sans que le moindre trait de leur visage ne bouge. S'ils pouvaient réaliser tout cela, il n'y avait aucun doute qu'ils pouvaient aussi agiter les bras et s'envoler. Tchang l'avait bien fait devant elle.

Depuis qu'elle était entrée dans le dojo, ses oreilles avaient perçu la rumeur lointaine d'une chanson lancinante. Son ouïe s'était-elle habituée au silence ou avait-on légèrement augmenté le volume, elle n'aurait su le dire, mais la musique était de plus en plus présente. Non, ce ne pouvait pas être ça. Elle se trompait certainement. La faim lui jouait des tours.

Une ligne de violons à peine perceptible mais ressemblant à s'y méprendre à *Pauvre diable* de Julio Iglesias jouait dans une pièce éloignée du monastère. En tendant l'oreille, Providence put distinguer le ton de voix suave du crooner latin. Mais quelque chose clochait. Plus que chanter, l'Espagnol semblait miauler. De manière saccadée. Comme un gros chat dont on aurait coincé la queue dans la porte d'entrée d'un grand magasin parisien un jour de soldes. La jeune femme comprit bientôt que Julio ne miaulait pas mais qu'il chantait en chinois. Le refrain le confirma. Il s'agissait bien de *Pauvre diable*. Il n'y avait pas de doute.

Impossible, pensa Providence. Se pouvait-il que les moines tibétains écoutent Julio Iglesias ? Qu'ils le connaissent même ? La philosophie de ces individus n'était-elle justement de vivre en marge de la modernité ou de notre société ? Comme la communauté amish dans laquelle était tombé Harrison Ford dans *Witness* ? Elle essaya de se persuader qu'elle se trompait, mais depuis quand la faim provoquait-elle des hallucinations auditives ?

Un clapotis singulier de pieds moites marchant sur un tatami la sortit de sa torpeur. Elle se retourna pour voir un petit moine au physique très athlétique s'approcher d'elle. Il ne ressemblait en rien à ceux qu'elle avait vus jusqu'à présent. Il portait un kimono noir, avait des cheveux courts et roux, et une barbe de la même couleur. Le moine instructeur ressemblait à Chuck Norris version asiatique.

Sous sa barbe rousse, on devinait un visage anguleux. Il paraissait taillé dans un seul bloc de granit. Aucune expression ne venait déformer ses yeux ou sa bouche.

— Je suis Maître 40. Mais vous pouvez m'appeler Choo Noori.

Choo Noori ? Providence pensa à une blague, mais l'homme n'avait pas une tête à plaisanter. Elle préféra ne rien dire car elle pressentait qu'une seule petite chiquenaude de Choo lui aurait fait faire trois fois le tour de sa culotte en dentelle sans en toucher les bords.

— Cela va peut-être vous paraître évident mais pour voler, ajouta-t-il sans autre forme d'introduction, il faut être le plus léger possible. Il va donc falloir vous ôter tout poids superflu.

Pendant un instant Providence crut que le Texas Ranger chinois allait lui sauter dessus pour lui tailler le gras des hanches à coups de tranchant de la main. Mais l'homme ne bougea pas d'un poil. Il devait trouver ses cinquante kilos et sa petite poitrine aérodynamique assez raisonnables. Comme 99 % des hommes sur cette Terre. Une bonne chose.

— Puisque nous parlons de cela, serait-il possible de manger un petit quelque chose. Je meurs de faim. Je n'ai rien avalé depuis 04 h 30 ce matin, et je doute de pouvoir me concentrer sans rien dans le ventre.

— Ça commence bien ! Je vous parle d'ôter tout poids superflu et vous me parlez de manger !

— Ne vous inquiétez pas, je ne prends pas du poids facilement.

L'homme grogna et disparut par la même porte dérobée qu'avaient empruntée ses collègues quelques minutes plus tôt. Il réapparut aussitôt avec un plat de riz fumant et quelques boulettes de viande. Ou ce moine était le plus grand magicien de tous les temps ou la porte donnait pile sur la cuisine.

— Bien, pendant que vous vous restaurerez, je vous énoncerai les préceptes de base. Il faudra les suivre à la lettre.

— Rien de plus facile pour une factrice, plaisanta Providence face au regard interrogatif du moine.

— Précepte numéro 1 : le mieux est de décoller depuis l'Australie.

— L'Aufftralie ? répéta la jeune femme la bouche pleine de riz citronné.

Le moine lui expliqua que la gravité terrestre variait en fonction de l'endroit où l'on se trouvait sur le globe, et que l'on pesait donc plus ou moins selon où l'on vivait. En Australie, on était plus léger. Enfin, c'était ce qui était ressorti de l'insolite expérience de trois docteurs en physique américains qui s'étaient lancés dans un tour du monde avec leur nain de jardin, un peu comme dans le film *Le Fabuleux Destin d'Amélie Poulain* de Jean-Pierre Jeunet, et s'étaient aperçus que celui-ci affichait, au fur et à mesure de son périple, des poids sensiblement différents sur la même balance portable. 308,66 grammes à Londres, 308,54 à Paris, 308,23 à San Francisco, 307,80 à Sidney et 309,82 au Pôle Sud. On perdait donc près d'un gramme en Australie. C'était déjà ça de pris, enfin, de perdu.

— D'après ce que j'ai compris, vous envisagez de décoller de Paris, continua-t-il.

— Oui. Impoffible d'aller à Ffidney.

— OK. Oublions donc le précepte numéro 1. Précepte numéro 2 : se faire couper les cheveux. On gagne quelques grammes. Maître 50, pardon, frère Yin Yang se fera un plaisir de vous tondre.

— Tondre ? s'exclama Providence, horrifiée, en crachant quelques postillons de boulettes sur le kimono du sage. Si on pouvait perdre quelques grammes sur autre chose, ça m'arrangerait. Je veux bien un petit rafraîchissement, un truc à la Audrey Hepburn, mais pas question qu'on me rase comme un mouton ou comme Britney Fpears ! On pourrait peut-être commenffer par les jambes, le pubif et les aiffelles...

Agacé par les doléances et les manières de son apprentie, le moine lui ordonna de se taire d'un claquement de doigts, comme s'il venait d'écraser une mouche en plein vol.

— Arrêtez de vous plaindre ! Surtout la bouche pleine. Mon kimono est plein de vos boulettes ! Cela me fait penser au précepte numéro 3 : s'enlever les habits.

— Vous voulez dire nue ?

— Un bikini fera l'affaire.

— Une chance que l'on soit en été. En tout cas, ça, ça me plaît. Vous fournissez le bikini ? On peut choisir ? On peut essayer ? C'est aussi frère Yin Yang qui s'en occupe ?

— Le maillot de bain, c'est vous qui irez l'acheter. À moins qu'une culotte au gorgonzola ne vous tente...

Pour la première fois, un petit rictus déforma le bloc de granit que le moine avait pour visage. Il avait quand même le sens de l'humour, ce gros tas de pierre. Le business ne marchait pas fort pour le monastère en ce moment, alors, s'il pouvait vendre quelques habits au fromage au passage, il n'allait pas s'en priver.

— Sans façon. J'ai l'odorat bien trop développé pour porter ce genre de fringues.

— Bien. Précepte numéro 4 : méditation, méditation, méditation. Amour et volonté. Beaucoup d'amour et de volonté. Je sais que la philosophie asiatique nous apprend que le plus important n'est pas le but mais le moyen. Que le plus beau n'est pas d'atteindre la cime de la montagne, mais le voyage qui nous y mène, bla-bla-bla. Oubliez toutes ces conneries ! Pour voler, il vous faudra vous concentrer sur le résultat. Vous ne devrez penser qu'à voler, voler, voler et toujours voler. Comme cet homme qui n'avait pas assez d'argent pour acheter un vase à sa femme et qui s'est mis en tête de gagner le Tour de France pour recevoir celui que l'on remet au vainqueur. Pendant qu'il pédalait, il ne pensait qu'au vase qu'il offrirait à son épouse. Et il a gagné le Tour de France.

La jeune factrice ne connaissait pas cette histoire. Elle ne sut si c'était là un fait authentique ou si l'homme l'avait inventé pour appuyer son discours, mais, quoi qu'il en soit, c'était bien trouvé. Par contre, elle avait toujours trouvé le trophée de la course cycliste horrible.

— Pour l'amour et la volonté, j'imagine que vous avez déjà tout ce qu'il faut de ce côté-là. Alors, nous allons insister ici sur la méditation. Vous êtes une femme dispersée. Vous allez apprendre à canaliser votre énergie vers un seul et même but. Un but positif. Mais rien envers quoi vous ayez un rapport affectif. Rappelez-vous, ne pensez qu'à l'objectif. Le vase du Tour de France.

Providence se dit que ce serait difficile de se concentrer sur une chose aussi ringarde. Elle décida qu'elle se motiverait en pensant à autre chose. Et comme elle ne pouvait pas penser à sa fille, avec qui elle entretenait un trop grand rapport affectif, elle décida de se focaliser sur le derrière en forme de pastèque de son prof de zumba.

Une équipe paramédicale était accourue au chevet de Zahera et l'avait transportée d'urgence dans la salle de soins intensifs. La petite fille avait perdu connaissance. Elle s'était laissé envelopper tout entière par son nuage.

Reliée à la vie par une multitude de tuyaux en plastique, elle attendait, immobile, les poings même pas serrés, comme une princesse endormie par un mauvais sort, qu'un médecin veuille bien la sauver.

Dans l'agitation, elle avait perdu sa pantoufle de verre, et si quelqu'un avait jeté un coup d'œil à ses pieds, il aurait vu frissonner légèrement le sixième orteil de son pied gauche comme un petit ver de terre.

Après une heure de méditation, pendant laquelle elle avait dû entrelacer ses bras et ses jambes comme dans une partie de Twister, Providence souffla enfin.

— Vous pouvez vous étirer pendant deux petites minutes, le temps que je prépare le dernier atelier.

Une pause bienvenue. Elle n'aurait jamais cru qu'une séance de méditation puisse être aussi éprouvante. Il faudrait peut-être qu'elle reconsidère ses cours de zumba à la vue de cette nouvelle discipline.

Choo Noori alluma un grand téléviseur connecté à une Wii et chargea un jeu dans lequel le personnage principal était un poulet que l'on devait faire voler et se poser sur des cibles pour cumuler des points. Bien avant que les deux minutes de repos ne soient écoulées, le moine ordonna à Providence de se positionner devant l'écran, les bras en l'air.

La jeune femme n'en revenait pas. Les moines perfectionnaient leur entraînement avec des jeux vidéo ! Ils se proclamaient garants des valeurs traditionnelles, bouddhistes, monacales, et la seconde d'après, ils vous sortaient une Wii de derrière les fagots. Cela lui rappelait son voyage au Kenya, lorsque le chef de la tribu maasaï locale s'était mis à vibrer frénétiquement devant elle alors qu'il était en train de lui expliquer, dans l'obscurité de sa hutte construite en excréments de chèvre, comment lui et son peuple se nourrissaient du sang des gnous. Elle avait d'abord cru qu'il entrait en transe, comme elle l'avait vu dans des documentaires télévisés sur les sorciers africains, avant qu'il ne plonge sa main sous sa toge rouge et n'en tire, avec le plus grand naturel du monde, comme si c'était chose commune dans ce village situé à quatre heures de route de toute forme de civilisation, un iPhone 4 tout pimpant pour répondre à « un appel important ». À ce moment-là, elle s'était quelque peu sentie arnaquée et avait regretté d'avoir payé quarante dollars pour rendre visite à des sauvages paumés dans la savane kenyane qui vivaient plus confortablement qu'elle. Furieuse, elle avait aussitôt demandé le remboursement du prix de l'entrée quand l'Africain, qui ne semblait pas indifférent au charme de la jeune Européenne, avait eu l'audace de se prendre en photo avec elle pour mettre le cliché *illico presto* sur son mur de Facebook. C'était le monde à l'envers. Bientôt, ce serait des touristes maasaïs qui se presseraient dans le salon de son quarante mètres carrés parisien pour apprendre les us et coutumes français.

— Il faut vivre avec son temps, dit le moine tibétain comme s'il avait lu dans les pensées de Providence. Et puis, on n'a rien trouvé de mieux pour travailler la coordination des bras et du corps. Les mecs qui ont élaboré ce jeu sont des génies !

Comment pouvait-on considérer des personnes ayant imaginé un jeu de poulet décongelé battant des ailes comme étant des génies ? se demanda la factrice. Mais avant qu'elle ait pu esquisser le moindre début de réponse, le moine tortionnaire lui cria dessus pour qu'elle agite les ailes de son poulet. Plus vite ! Plus vite ! TOUJOURS PLUS VITE ! TOUJOURS PLUS HAUT ! On aurait dit un entraîneur russe gueulant la devise des jeux Olympiques à sa pouliche de gymnaste.

Providence décolla aussitôt de l'île où elle se trouvait et survola la mer. Plus elle battait fort, et plus elle allait haut. Dès qu'elle relâchait son mouvement, la volaille piaillait et chutait lentement et lamentablement vers la menaçante surface de l'eau.

— Concentrez-vous et battez des ailes ! VOUS ÊTES UNE POULE ! Appliquez tout ce que nous avons travaillé en méditation avant et unissez-le à votre effort physique ! criait le Chuck Norris chinois comme s'il s'était trouvé dans un camp de vacances militaires. Il avait l'air de prendre un immense plaisir à humilier la jeune femme. Pensez au but ! PENSEZ AU VASE !

Ah, non, pas le foutu vase du Tour de France ! Déconcentrée, Providence relâcha son effort et commença à sombrer vers la mer. Elle pensa aussitôt au fessier bombé et musclé de Ricardo. Au bout de quelques moulinets, elle se reprit et remonta vers les nuages. Vint enfin le moment où elle dut se poser sur une cible. Si elle en atteignait le centre, elle gagnait cent points.

— 100 POINTS, 100 POINTS ! gueula l'homme au kimono plein de miettes de boulettes. L'instructeur militaire s'était transformé en un candidat en transe d'un jeu télévisé populaire à la mode. 100 POINTS ! 100 POINTS, 100 POINTS, scandait-il comme un possédé en donnant de grands coups de pied au sol.

Malgré les encouragements, le poulet de la factrice atterrit dans la zone des dix points. La déception envahit le visage de Choo Noori.

— *Ta ma deeee* ! hurla-t-il en lançant un poing rageur dans le vide.

Providence ne parlait pas chinois, mais cela n'avait pas l'air d'être une formule de félicitations.

Bientôt, le poulet remonta vers les cieux et survola une montagne. La jeune femme n'en pouvait plus. Elle commençait à avoir des douleurs aux avant-bras et aux biceps.

— Vous êtes vraiment sûr que ça sert, tout ça ?

On ne pourrait pas essayer de voler en vrai maintenant ?

— Voler demande une concentration et une énergie intenses. Il vaut mieux que vous réserviez toute votre puissance pour le moment opportun. En plus, le voyage va être long et éprouvant. Ce sont plusieurs milliers de kilomètres. Ce ne serait pas une bonne idée de vous fatiguer et de vous essouffler avant.

— Parce que là, vous pensez que je ne suis pas en train de me fatiguer et de m'essouffler ? dit Providence, offusquée, avant de laisser tomber ses bras le long de son corps.

Sur l'écran, le poulet piqua du bec et s'écrasa contre la cime d'un sapin. *Game over*.

— Là, vous seriez morte, dit le moine.

Mais voyant sa disciple déterminée et la considérant prête à affronter le plus grand challenge de sa vie, Choo Noori alla chercher Yin Yang pour la séance de coiffure.

Plus légère de quelques grammes de cheveux, Providence attendait comme une enfant sage dans le couloir. Les moines arrivèrent bientôt l'un derrière l'autre, en file indienne, en se tenant par l'épaule comme dans la chenille d'un bal populaire. Le temps des au revoir était venu. Et avec lui, celui des derniers conseils.

— Ça vous va bien, dit le Père supérieur en désignant du doigt la nouvelle coupe de la jeune femme.

— Merci. Il n'y a rien de mieux qu'une nouvelle coiffure pour redémarrer sa vie du bon pied.

— C'est vrai. Bien. Nous allons clôturer le stage. Par les pouvoirs qui me sont conférés, je décrète que vous êtes maintenant apte à voler.

— Ça a l'air simple sur la terre ferme, dit Providence, sceptique, mais quand je serai là-haut…

— Quand vous serez là-haut…, continua Ping.

— … Vous resterez concentrée et vous battrez des bras, ajouta Pong, comme si les deux clones livraient une partie de tennis de table verbale.

— Et si quelque chose me déconcentre, ou si j'arrête d'agiter les bras ?

— Vous tombez, trancha net Choo Noori.

— Comme dans le jeu ?

— Comme dans le jeu. *Game over*. Pensez que dans la réalité, vous n'avez qu'une seule vie…

— Vous n'y allez pas avec le dos de la baguette ! Et pour les choses plus pratiques ?

— Plus pratiques ? demanda Yin Yang.

— Oui, enfin… vous voyez… pour…

— Aller aux toilettes ?

— C'est ça.

— Vous écartez un peu votre maillot et… Vos urines seront pulvérisées dans l'atmosphère.

— Pulvérisées ?

— Pulvérisées.

Choo Noori illustra ses mots d'un coup de poing sec dans le vide. Providence sursauta.

— Sinon, je pensais prendre un peu d'eau et de quoi manger dans un sac à dos, avoua-t-elle. Le voyage sera long. Et il me faudra des forces et de l'énergie.

— Ne vous ai-je pas appris qu'il vous fallait partir le plus léger possible ? Préceptes 1, 2 et 3. Et vous me parlez d'un sac ! Et puis, je les connais, les bonnes femmes. Ça prend un sac pour mettre une petite bouteille d'eau et un biscuit et puis ça y fourre une trousse de maquillage, du coton, des chewing-gums, des compresses, un portable et des pansements.

Quelle horreur ! pensa Providence. Comment Choo Noori pouvait-il être autant au fait des pratiques féminines ? Avait-il eu une autre vie avant d'être moine ? Lui aussi avait-il vendu sa Ferrari ? Providence rougit de honte.

— Vous avez raison, oublions le sac !

— Vous ne voulez pas un service de catering (il prononçait *catering* comme *Catherine*), tant que vous y êtes ? s'exclama l'instructeur au visage de granit. Comme dans les avions. Vous avez déjà vu un oiseau avec un sac à dos, vous ? Moi, jamais ! Vous trouverez tout ce qu'il vous faut à la surface de la Terre. Vous n'aurez qu'à redescendre et vous servir. Et pour ce qui est de boire, vous boirez les nuages.

— Les nuages ?

— Oui, c'est très bon, confirma Ping. C'est de l'eau en suspension dans l'atmosphère…

— … Elle est très pure, compléta Pong. Elle n'a pas encore été souillée par les ordures de la Terre.

— Vous en avez déjà bu, vous, de l'eau de nuage ?

Les deux hommes hésitèrent.

— Vous n'avez jamais bu de l'eau de pluie ? demandèrent-ils en chœur.

— De l'eau de pluie ? Si, quand j'étais petite.

— Et vous n'en êtes pas morte ! s'exclama Yin Yang. Eh bien, l'eau de nuage, c'est ça.

— Un dernier conseil, ne vous approchez

jamais d'un nuage d'orage, un nuage de tempête, annonça le Père supérieur d'une voix empreinte de gravité. Il y a des blocs de glace à l'intérieur qui tournent à une vitesse folle, comme dans une gigantesque machine à laver. Ils font des trous énormes dans le fuselage des avions, alors imaginez les dégâts qu'ils feraient sur un corps humain. Vous mourriez sur-le-champ. La force à l'intérieur de ces nuages-là est équivalente à la puissance de deux bombes atomiques. Fuyez-les. Ne vous surestimez pas. Surtout. Au Tibet, voyez-vous, on a des tas de théories philosophiques un peu sur tout, mais on ne nous apprend pas à dompter les nuages. Et c'est bien dommage.

— Comment les reconnaîtrai-je, ces fameux nuages ?

— C'est facile…, dit Ping.

— … Ils ressemblent à des toques de cuisinier, ajouta Pong.

— Ou à des gros choux-fleurs, si vous êtes plus familière avec les légumes qu'avec les coiffes ! crut bon de préciser le Père supérieur.

Providence sourit et regarda sa montre pour signaler aux moines qu'elle devait partir.

— Merci pour votre accueil et pour tout ce que vous avez fait pour moi. Je n'oublierai jamais cette belle rencontre.

Elle posa sa main avec tendresse sur l'épaule du Père supérieur.

— Vous nous avez beaucoup appris sur vous

aussi, et sur le monde, lui dit-il en retour. À être toujours pressée, vous étiez dans l'erreur. Mais l'erreur est humaine. C'est pour cela qu'il y a des gommes au bout des crayons à papier. Le monde de dehors va trop vite, il n'a pas le temps de s'arrêter et de regarder les belles choses, de profiter des couchers de soleil et de l'amour qui inonde les yeux de tous ses enfants. Le monde est un bébé qui veut voler avant d'apprendre à marcher. Je ne dis pas ça pour vous, mais tout va si vite. Internet et tout ça. L'information est à peine diffusée qu'elle devient déjà du passé. Elle meurt avant de naître. Ici, on apprend à profiter des belles choses. On n'apprend pas à piloter des avions de chasse avant de pousser des brouettes.

Providence savait maintenant d'où venait le goût de Maître Hué pour les métaphores parlantes.

— Cet après-midi, continua-t-il, vous êtes allée voir le Maître Suprême jusqu'à Barbès, tout au nord de Paris, puis vous êtes venue jusqu'ici. Tout ce temps perdu dans les transports en commun. Tout ce temps passé ici, à méditer et à apprendre à voler sur une Wii. À aucun moment vous ne vous êtes posé de questions. La douleur ravage votre cœur, votre fille est mourante et vous ne pensez qu'à une seule chose, aller la chercher et la sauver, et pourtant, vous avez passé un peu de cette journée si spéciale avec nous. J'ai essayé de vous inculquer que le temps se mérite. Qu'il faut laisser le temps au temps, comme le chantait si brillamment Didier Barbelivien. Ou était-ce Julio Iglesias ? Je ne sais plus.

Providence sursauta. Les moines tibétains connaissaient donc Julio Iglesias.

— Puisque vous en parlez, je voulais vous demander. Tout à l'heure, dans le dojo, en attendant Choo, j'ai cru entendre *Pauvre diable* en mandarin. Je me trompe ?

— Vous avez l'ouïe fine, jeune fille. C'est Maître 54 (qui en mesure 55 mais que l'on a raccourci pour ne pas le confondre avec moi) qui s'occupe de la programmation musicale du monastère, une espèce de DJ quoi, de Laurent Garnier mais avec des goûts plus canoniques…

— Plus canoniques ?

— Oui, on pourrait dire que Julio Iglesias est le plus asiatique de tous vos chanteurs européens. Il a vraiment compris notre manière de penser et enseigne des préceptes que nous suivons chaque jour. Je pense que pour chaque moment difficile de la vie d'un homme ou d'une femme, il existe une chanson de Julio Iglesias. Cet hidalgo, en plus d'être bronzé en toute saison, continue d'avoir réponse à toutes les questions de la vie et ses paroles sont d'une clairvoyance stupéfiante. Rien que ses titres… *Le monde est fou, le monde est beau*, *Il faut toujours un perdant*, *J'ai oublié de vivre*… Confucius lui-même ne l'avait pas mieux exprimé que Julio. Tout comme Jules Verne et

Jules César, Julio Iglesias est un visionnaire. À croire que tous les Jules sont des visionnaires.

Providence n'en croyait pas ses oreilles. Elle venait de tomber sur des extraterrestres qui bâtissaient les murs de leur philosophie de vie sur les paroles romantiques d'un chanteur de variétés d'une autre époque.

— D'ailleurs, reprit le moine, notre devise est : « Lorsqu'elles ne tuent pas leur mari, les mantes tricoteuses écoutent Julio Iglesias. »

— Oui, j'ai pu apprécier votre goût prononcé pour les dictons cocasses… « On ne pilote pas un avion de chasse avant de savoir pousser une brouette », etc.

— Hum… Pour revenir à ce que je vous disais avant que la conversation ne déraille sur la variété espagnole, reprit le vieux moine, vous êtes née avec le don de voler, Providence. Vous avez ce don dans le cœur. Vous êtes née avec cette insoutenable légèreté. L'insoutenable légèreté des factrices amoureuses.

— L'insoutenable légèreté des factrices amoureuses ? répéta Providence, surprise d'apprendre que les moines de Versailles, en plus de jouer à la Wii et d'écouter Julio Iglesias, lisaient Kundera.

— Oui, car l'histoire entre cette petite fille et vous est une histoire d'amour. Vous êtes une femme amoureuse (ses références culturelles étaient édifiantes, voilà qu'il citait maintenant Mireille Mathieu, enfin Barbra Streisand). Cette histoire, c'est la rencontre entre deux femmes pour lesquelles le temps passe à mille à l'heure. Vous êtes toutes les deux pressées de vivre, mais pas pour les mêmes raisons. Vous, vous êtes comme l'amiral Oswaldo Kigliç, vous prenez des moucherons pour des îles. Votre fille, elle, est pressée mais elle n'y peut rien. C'est la maladie qui en est la cause. Et c'est l'ironie du sort qui vous a mises dans les bras l'une de l'autre. Car le destin est parfois malicieux. Il va donc falloir que vous appreniez à vivre au même rythme, sur le même battement de cœur, toutes les deux. Tout ce temps que vous pensez avoir perdu aujourd'hui est du temps de gagné, Providence. Il va vous permettre d'entreprendre le voyage le plus merveilleux de votre vie. Profitez de chaque seconde en l'air. Quand vous serez tout là-haut, sentez les nuages, respirez-les, prenez votre temps. Sentez l'odeur de l'air, du ciel, de la pluie. Ils ont le parfum du Paradis.

Le moine sortit un petit objet de la poche de sa toge et le lui mit dans la main. Puis il la referma comme un poing.

— Prenez cela avec vous et donnez-en une goutte à Zahera. C'est un puissant « nuagicide ». Je ne sais pas si mon breuvage fonctionne. Je ne l'ai encore jamais essayé sur quelqu'un de malade. Mais s'il marche, alors une seule goutte suffira.

Le Père supérieur inclina la tête en signe de respect. Puis, par ordre croissant de taille, Maître 30,

Maître 35, Maître 40, Maître 50 et Maître 55 la saluèrent.

— Derrière vos manières de sergent et votre visage de granit, vous êtes un « chou, Noori »… dit-elle en s'inclinant devant l'homme au corps de granit.

Elle sourit à son propre jeu de mots. L'homme lui sourit en retour, bien qu'il ne semblât pas avoir compris la blague.

— Je ne vous oublierai jamais, ajouta-t-elle à l'intention de tous, et je reviendrai vous voir. Allez, bon tricotage, les mantes tricoteuses !

— Et vous nous présenterez Zahera, car vous réussirez à la ramener, dit le Père supérieur, d'un air confiant.

La petite taille des moines appelait à la tendresse. Et Providence n'y était pas indifférente. Leur format porte-clefs était une invitation à les trimballer partout avec soi. Ils lui auraient apporté la sagesse et la patience qui lui faisaient si souvent défaut. Il faudrait toujours avoir un moine tibétain dans la poche en cas d'urgence, de dépression, de manque de foi ou de confiance en soi.

Quelques instants après, forte de son nouveau don et de son philtre de nuage, la jeune factrice se précipita vers la bouche de RER direction Orly, la tête déjà dans les nuages et les pieds sur le goudron.

TROISIÈME PARTIE

Le jour où ma factrice devint aussi célèbre que la Joconde

Les dernières paroles du Père supérieur avaient plongé Providence dans un profond accès de nostalgie. Assise dans un wagon qui cahotait autant que la diligence d'un western, le regard perdu dans les ténèbres béantes du tunnel que la fenêtre lui renvoyait, la jeune femme repensait à ses conseils. Sentez l'odeur des nuages, de la pluie, du ciel. L'odeur du Paradis. Prenez le temps de sentir tout cela.

Providence avait été *nez* un certain temps, dans sa jeunesse, avant de devenir factrice. Elle imagina la tête de la policière d'Orly si elle avait écrit *nez* dans la case profession de sa fiche. Vous m'avez rempli ça avec les pieds, lui aurait-elle sans doute dit. Vous avez mis *nez* dans la rubrique *profession*. Avez-vous distribué comme cela toute votre belle anatomie dans les autres cases ?

Oui, elle avait été *nez* pour une grande marque de déodorants pour hommes, enfin « renifleuse d'aisselles », jusqu'à ce que le P-DG meure et que la banqueroute s'abatte sur l'entreprise. Le pauvre industriel était mort de rire en regardant le film *Un poisson nommé Wanda*, allongeant de ce fait la liste déjà longue des morts les plus stupides de l'histoire, pile entre Adolphe Frédéric, roi de Suède, décédé après s'être resservi quatorze fois du dessert, et Barberousse pour s'être baigné sans retirer son armure. Car son patron était vraiment mort de rire. Un arrêt du cœur, une mort originale pour quelqu'un qui était précisément connu pour ne pas en avoir.

Mais le don de Providence n'avait jamais disparu (si ce n'est durant les quelques minutes pendant lesquelles elle avait pris son sac-poubelle pour son sac à main ce matin). Après deux années passées à exercer ce beau métier, elle s'étonnait encore qu'un même déodorant puisse laisser des odeurs aussi différentes selon l'aisselle sur laquelle on le pulvérisait. Il s'agissait peut-être d'un mal nécessaire après tout. Si nous sentions tous pareil, les phéromones, si importantes dans le jeu de la séduction, ne rempliraient plus leur rôle, ce qui pourrait avoir des conséquences dramatiques pour l'espèce humaine. Dans le pire des scénarios, les gens ne s'attireraient plus, ils ne se reproduiraient donc plus et nos civilisations finiraient par s'effondrer. Dans le meilleur des cas, on ne ferait plus la différence entre une femme, une benne à ordures et un morceau de munster. Peut-être que cela serait une bonne chose pour les moines de l'Humble Caste des Mantes Tricoteuses, qui avaient fait du textile au fromage leur business, mais dans le reste du monde, cela serait une catastrophe olfactive sans précédent. Conscients de ces enjeux vitaux, les laboratoires s'évertuaient donc sans cesse à élaborer des produits qui, s'ils transcendaient et sublimaient les odeurs personnelles, ne les annihilaient pas pour autant.

Providence avait répertorié toutes les senteurs qu'il lui avait été donné de rencontrer au cours de sa brève carrière passée sous les aisselles des hommes. L'homme blanc, par exemple, émettait comme une odeur d'herbe mouillée, l'homme noir diffusait des senteurs semblables au cuir et à l'écorce d'arbre, l'homme asiatique, lui, sentait l'embrun d'océan et le citron, l'homme indien sentait les fines épices.

C'était bien pratique, d'ailleurs, à l'heure de juger d'un éventuel partenaire. Sentir, c'était la première chose que la jeune femme faisait en rencontrant un homme. Elle sentait la peau de son visage, de son cou. Les singes n'avaient rien inventé. C'est ainsi qu'ils apprenaient à connaître leurs ennemis ou à reconnaître chez les autres un compagnon fidèle. On apprenait plus de choses sur un individu par son odeur que par ses paroles.

Elle se remémora une conversation qu'elle avait eue avec Zahera à ce propos.

— Qu'est-ce que je sens, moi ? avait demandé la fillette.

— Tu sens les épices, avait menti Providence.

En réalité, elle sentait les médicaments, le nébuliseur de Ventoline et le sirop pour la toux.

— Et toi ? Tu sens quoi ?

Piquée par la curiosité de toujours sentir les autres, la jeune femme avait un jour reniflé ses dessous de bras.

— La factrice française sent la forêt de Fontainebleau, tôt le matin, bien avant la rosée, lorsque les feuilles de chêne et de pin n'ont pas encore revêtu leur collier de perles d'eau… Non, sérieusement, mes aisselles sentent le coton et le polyester, mais ça, c'est quand j'ai mon chemisier ! Sinon, les Français sentent le fromage et l'ail.

Elle détestait l'odeur de l'ail à un tel point qu'en bien des occasions, cette aversion lui avait valu d'être prise pour une vampire.

La vampirette se trouvait maintenant dans le RER B, qui sentait plus la sueur que l'ail ou le fromage fermenté (quoique…), plein cap vers le sud.

L'avantage d'avoir un sens de l'odorat ultra-développé, c'est qu'elle pouvait reconnaître les stations de métro à leur odeur bien particulière. Comme les empreintes digitales, elles en avaient toutes une et elle était unique. Ainsi, Nation sentait le croissant chaud, Gare-de-Lyon, la pisse, Concorde, le pigeon sale, Châtelet-les-Halles, le café. Elle en était arrivée à la conclusion que Paris possédait plus de stations aux odeurs repoussantes qu'agréables. Si elle avait été élue mairesse de la capitale, elle aurait commencé par parfumer les stations, chacune de l'odeur d'une fleur différente. Sa station à elle sentait la Javel et le citron. Mais c'était bien normal, car chaque fois qu'elle entrait dans le métro le matin pour se rendre à la Poste, une dame était en train de passer la serpillière. Elle sentait le poisson (la station, pas la dame), le mardi, le jeudi et le dimanche parce que c'était jour de marché. Elle sentait le riz cru aussi, le samedi, parce que c'était jour de mariage.

Providence travaillait dans un quartier populaire d'Orly. Durant sa tournée, elle aimait s'arrêter quelques instants dans le jardin d'enfants. Si elle avait bien avancé, il était en général 11 h 00 et elle s'asseyait pour manger une pomme bien rouge. Ce qu'elle aimait de cet endroit, c'était le brassage culturel et les couleurs que ces enfants portaient sur leur visage. Des petits Noirs y jouaient avec des petits blondinets, des Maghrébins, des Asiatiques, des petits juifs arborant leur kippa sur la tête et des tsitsit à leur ceinture. Tout ce petit monde vivait en harmonie. Ces enfants étaient si innocents et si loin de penser que leurs parents se détestaient et se battaient aux quatre coins du monde les uns contre les autres. Eux, ils jouaient, indifférents à tout cela. Ils partageaient leur bicyclette, leur seau et leur pelle et construisaient des châteaux ensemble. Ils nous donnaient une belle leçon de vie. Le Paradis devait ressembler à cela. Ce Paradis dont le Père supérieur lui avait dit de respirer l'odeur à pleins poumons.

Elle serra dans la main l'objet qu'il lui avait confié, pas trop fort quand même pour ne pas casser la petite fiole qui contenait le liquide ambré dont une seule goutte réussirait, peut-être, à guérir Zahera. Elle y ferait attention comme à la prunelle de ses yeux. Sur ces pensées, elle la glissa dans sa culotte.

Elle aurait pu décoller de n'importe quel endroit. D'un balcon, d'une terrasse, d'un toit, du trottoir même. Mais maintenant qu'elle s'apprêtait à franchir le cap, que son envol était imminent, un sentiment de peur de plus en plus oppressant commençait à lui tordre l'estomac.

Providence repensa au *Game over* du jeu vidéo. Voler comme les oiseaux sans en être un n'était pas sans risque. Et peut-être paierait-elle de sa vie sa vanité d'avoir un jour voulu caresser les cieux. Les moines lui avaient dit qu'elle était prête. Mais, après tout, qu'est-ce qui le lui prouvait ? C'étaient des marginaux. Or, elle avait une sainte horreur de laisser sa vie entre les mains de marginaux.

La jeune femme trouva donc plus prudent de se tourner vers un professionnel de l'aviation. Elle connaissait un aiguilleur du ciel à Orly. Son insolite requête l'étonnerait sûrement, et il la prendrait peut-être pour une folle, c'était un risque à courir, mais il ne pourrait pas refuser de l'aider à mener à bien sa besogne, car elle était son facteur.

Et on ne refuse jamais de l'aide à son facteur. Il ne vaut mieux pas. Dans le cas contraire, il pourrait très bien arrêter de vous apporter des bonnes nouvelles, vous glisser le courrier d'un autre dans votre boîte, ouvrir et laisser bien en vue le pli discret de votre abonnement à cette célèbre revue porno que vous cachez à votre femme depuis plusieurs années, ou encore retarder la livraison des chaussures Zalando de la femme en question, ce qui ne la ferait précisément pas « hurler de plaisir », comme l'annonçait le slogan de la marque. Bon, le contrôleur n'avait pas de femme, mais il ne serait pas en position de refuser. Et puis, ce ne devait pas être son style.

C'était un certain Léo Machin. Un drôle de nom pour un bel Antillais, d'une grande douceur et, à la fois, d'une grande force. C'était du moins ce qu'elle avait senti un jour lorsqu'elle s'était approchée de lui pour lui faire signer un colis. Il sentait l'honnêteté, la rigueur et le savon de Marseille. C'était un asperseur à hormones, un feu d'artifice de phéromones qui lui avait donné des frissons la première fois. Ils ne se croisaient pas souvent, mais elle n'avait jamais vu personne d'autre que lui à son domicile. Un beau gars célibataire, en réalité. Et donc, plus facile à charmer.

Elle lui demanderait l'autorisation de décoller d'Orly. Elle ne souhaitait pas voir débarquer les avions de chasse à ses côtés pour lui sommer de redescendre sur terre ou l'abattre. Dans un aéroport, elle serait à la vue de tous et on pourrait toujours lui venir en aide s'il lui arrivait quelque chose dès le décollage. Cela allait à l'encontre du précepte de Maître Hué, qui voulait que l'on garde secrets ses pouvoirs, dans la mesure du possible. Mais Providence avait dépassé cette « mesure du possible » depuis bien longtemps, depuis que cette histoire de fous avait commencé, en réalité. Et puis, Léo lui donnerait avec certitude d'excellents conseils, pour là-haut, car ceux des moines lui paraissaient un peu fantaisistes.

Retour à Orly, se dit-elle.

Quand elle arriva à l'aéroport, Providence réalisa que la situation était pire que quand elle en était partie. Des centaines de touristes et d'hommes d'affaires en colère avaient pris en otage les stewards et exigeaient des solutions immédiates. D'autres, assis ou couchés par terre, regardaient le spectacle d'un œil vitreux. Saupoudrez tout cela de pleurs d'enfants et vous obtiendrez une version moderne du *Radeau de la Méduse* de Géricault.

Se remémorant d'un coup le précepte numéro 3 de Choo Noori, alors qu'elle se dirigeait vers la tour de contrôle, elle se lança à la recherche d'un bikini. Elle parcourut les magasins duty free du terminal, vit beaucoup de rayons de cigarettes, de parfums et d'alcool, mais aucun de vêtements de plage. Elle était en train de chercher des solutions alternatives, comme par exemple se confectionner un habit à partir des emballages de plusieurs cartouches de tabac, lorsqu'elle tomba sur un petit stand de maillots de bain.

Les bikinis étaient de plus en plus petits et de plus en plus chers. Si on les avait vendus la première fois dans des boîtes d'allumettes, on pouvait aujourd'hui les vendre dans des dés à coudre. Mais les dés à coudre, c'était ringard, au moins autant que le vase du vainqueur du Tour de France. LE VASE, LE VASE ! entendit-elle hurler, mais le Texas Ranger asiatique n'était plus à ses côtés.

Providence choisit un deux-pièces avec des estampes à fleurs. On aurait dit qu'elle l'avait conçu elle-même, à partir de lambeaux de la tapisserie de la chambre de sa grand-mère. Mais il avait au moins l'avantage d'être léger. Elle alla s'enfermer dans une cabine d'essayage, se déshabilla et le mit sur elle.

Elle se regarda un instant dans le miroir et se trouva belle. Malgré une diète déséquilibrée et un manque patent de pratique sportive, elle affichait un physique de rêve qui faisait généralement se retourner plus d'un homme dans la rue. Elle possédait une excellente génétique pleine de contrastes. Elle était mince, mais l'on devinait sous ses pulls étriqués, lorsqu'elle en portait, de beaux seins ronds et fermes. Elle arborait une taille fine à faire pâlir plus d'une guêpe et avait un joli petit derrière rebondi qui lui avait valu bien des surnoms et alimenté les fantasmes de ses fan-clubs masculins qui se créaient un peu partout où elle apparaissait. Ce physique était tout ce qu'il y avait de plus naturel.

Elle l'avait depuis la naissance. Il était de série. Et elle n'avait pas besoin de faire de sport pour l'entretenir ou avoir des muscles saillants. Son excitation, son travail, son tempérament bouillant qui ne la laissait pas rester en place l'empêchaient de prendre le moindre kilo. Elle pouvait manger ce qu'elle voulait, quand elle voulait, sans jamais se soucier le moins du monde de sa ligne, qui restait impeccable. Peut-être était-ce là l'œuvre de son sixième orteil, dont elle n'avait toujours pas trouvé l'utilité.

Providence se rhabilla et alla payer le maillot à la caisse en prenant bien soin de laisser dépasser de son jean et de son tee-shirt les deux étiquettes sur lesquelles se trouvait le code-barres. Cette pratique déstabilisa la vendeuse, mais cela n'était rien comparé à ce qui allait se passer ici dans quelques minutes.

Puis elle enferma ses affaires dans la première consigne à code qu'elle croisa sur son chemin. Elle ne garda sur elle que le bikini, la fiole de « nuagicide » et un billet de 50 euros.

Soudain, comme par magie, ou comme si elle avait aveuglé la foule avec l'appareil de Will Smith permettant d'effacer la mémoire des humains dans *Men in Black*, les retards, les annulations, les avions, le nuage de cendres, la colère disparurent en un instant des esprits. Plus encore des esprits masculins. En quelques secondes, Providence était devenue l'unique centre d'intérêt de l'aéroport et toutes les caméras de surveillance s'étaient tournées vers elle. Et vers son beau postérieur fleuri.

— Et on en arrive au moment où ma factrice débarque dans ma tour de contrôle en maillot de bain. Elle avait sans doute donné mon nom pour passer le service de sécurité. Quoique, connaissant les vigiles... À l'heure qu'il est, le service de nettoyage doit encore être en train d'essuyer les litres de bave que ces deux-là ont dû laisser tomber en la voyant arriver devant eux. Bon, elle n'était pas armée. Ça, c'est sûr. La bombe, elle ne l'avait pas sur elle. La bombe, c'était elle !

— Enfin, on arrive à la partie intéressante ! s'exclama le coiffeur en se frottant les mains. Après vingt-trois chapitres... Je commençais à trouver le temps long.

— Pourquoi ? Tout ce que je vous ai raconté avant ne vous a pas intéressé ?

— Si, si, mais ma grande curiosité, c'est de savoir si elle vole pour de bon, cette dame.

— Vous ne voulez pas savoir ce qui est arrivé à Zahera ?

— La petite fille ?

— Je vois que vous avez suivi un minimum.
— D'abord, parlez-moi de l'envol, soyez gentil. Je travaille et je n'ai pas toute la journée non plus.
— Vous devriez aller faire un tour au temple tibétain de Versailles à l'occasion. S'ils ont guéri Providence de son impatience, je crois qu'ils peuvent vous aider. Et puis vous n'avez pas terminé ma coupe de cheveux. Et vous n'avez aucun autre client que moi.
— Ce n'est pas une raison.
— Et vous dire que c'est la plus belle histoire qu'on vous ait jamais racontée, c'en est une ?

Alors même qu'elle demandait au contrôleur aérien la permission de décoller d'Orly, Providence réalisa que ce qu'elle était en train de dire était insensé. On en avait enfermé pour moins que ça. Après tout, elle aurait peut-être dû y rester, à l'asile d'aliénés du monastère de Versailles, et y finir sa vie en toute quiétude, à tricoter des petites laines au fromage et à compter les points des parties de pétanque de tomates vertes. Néanmoins, elle ne se démonta pas, elle ravala sa fierté, assuma jusqu'au bout ses paroles, et attendit une réponse de l'aiguilleur.

Il n'y en eut pas.

— Je ne veux pas perturber votre trafic, monsieur le contrôleur, ajouta-t-elle pour le rassurer, je veux juste que vous me considériez comme un avion de plus. Je ne volerai pas assez haut pour que le nuage de cendres m'affecte. S'il faut payer les taxes d'aéroport, il n'y a pas de problème, tenez.

Elle tendit au jeune homme le billet de 50 euros qu'elle serrait dans son poing gauche.

La considérer comme un avion de plus n'est pas un problème en soi, pensa Léo. Cette fille, c'est un vrai avion de chasse !

— Je ne sais pas si c'est assez, mais c'est tout ce que j'ai, ajouta-t-elle.

Comme le contrôleur ne bougeait pas, elle prit sa plus jolie mine déconfite et lui dit son nom afin de lui paraître plus humaine à ses yeux. Elle avait vu ça dans un film américain où une mère ne cessait de répéter le nom de sa fille kidnappée aux médias afin que le criminel la considère comme une petite fille et non comme un objet. Providence démontrait de la sorte qu'elle était bien plus qu'une simple factrice en bikini à fleurs.

Il émanait de l'homme une odeur de grande bonté et, toujours, de savon de Marseille. Et comme il semblait réceptif, elle lui raconta son histoire. Depuis l'épisode de son appendicite à Marrakech jusqu'à ce jour. Sans omettre aucun détail de cette fabuleuse aventure.

— Elle est en train de mourir, Léo, finit-elle par dire. Et un filet de larmes nacrées comme mille coquillages coula sur sa joue. C'est ma petite fille. C'est tout ce que j'ai au monde.

Le contrôleur se dit que la jeune femme avait un cœur gros comme un réacteur d'Airbus A320 (chacun ses références). Il faillit le lui dire, mais elle n'aurait pas compris. Elle n'aurait peut-être pas pris cela comme un compliment. C'est vrai qu'un turboréacteur d'Airbus n'avait rien de romantique ou de poétique. Sauf pour lui, qui voyait en ce chef-d'œuvre de la technologie mécanique l'alliage parfait entre la fragilité (un simple poulet congelé pouvait en détruire les pales) et la force (la puissance des gaz sortants pouvait soulever un avion de plusieurs tonnes).

Léo était sceptique. Bien sûr, il ne pensa à aucun moment que sa factrice était capable de voler. Par définition, l'humain ne pouvait voler par ses propres moyens. C'était une loi essentielle de la physique et Léo croyait en cette loi plus que tout au monde. C'était sa profession, sa religion. Il était ingénieur du contrôle de la navigation aérienne, un ICNA, comme on disait dans son jargon. C'était un homme de sciences, le genre d'homme qui croit en des trucs solides, pas en des chimères. Quelque chose lui dit qu'il était en train de virer sa cuti, car d'un autre côté, cette jeune femme exerçait une certaine fascination sur lui. De la fascination et du charme. Un charme irrésistible. D'abord, elle avait la plus jolie mine déconfite qu'il avait vue dans sa vie. Et puis ses jambes, sa taille fine, sa peau blanche légèrement hâlée, ses bras menus et ses poignets minuscules ne le laissaient pas indifférent. Oui, ses poignets osseux, d'à peine quelques centimètres. Des poignets parfaits en somme. S'il s'était écouté, il aurait sorti une règle, là, et il les aurait mesurés pour voir s'ils étaient plus petits que tous ceux qu'il avait pu connaître jusqu'à présent. Car il s'était toujours promis que la femme de sa vie détiendrait le record du monde, le titre suprême des petits poignets. Et que c'est comme cela qu'il la reconnaîtrait. Une drôle de manie qui lui avait souvent valu les sarcasmes de ses confrères. Nous vivions dans une société où le fantasme des grosses poitrines était plus accepté que le goût des petits poignets. Bref, en voyant ceux de la jeune femme qui se tenait devant lui à présent, il pensa qu'il l'avait enfin trouvé, cet être parfait qu'il avait toujours recherché et avec qui il souhaitait vivre le petit bout d'existence qu'il lui restait.

Et comment pouvait-elle avoir tant de force, de volonté et d'amour pour se croire capable de voler dans le ciel ? Cela le fascinait. Cette innocence venue d'un autre monde. Quel beau corps. Et quelle belle moralité.

Il décida de lui donner une chance. Juste parce qu'il était curieux de voir ce qu'elle ferait une fois sur les pistes. Après tout, il n'était pas débordé. Les avions étaient cloués au sol et l'aéroport était maintenant fermé. C'était mieux que d'attendre que le temps passe, assis sur une chaise. Et puis, la compagnie de cette femme était des plus agréables. À sa vue, son cœur palpitait. Et la palpitation du cœur, dans ce cas de figure, était bénigne et agréable.

Il fut touché qu'elle l'appelât par son prénom. Il pensa à son travail, la réaction de ses supérieurs, peut-être le conseil disciplinaire pour avoir reçu cette fille dans la tour et l'avoir accompagnée sur la piste.

Le monde tournait à une vitesse folle.

Sa tête aussi.

Un instant, il se revit enfant, au Panthéon, à Paris, avec son père. Tu as devant toi le seul et unique indicateur du point fixe de l'univers, lui avait-il dit dans un sourire en lui montrant le pendule de Foucault qui se balançait au bout de son câble, au-dessus du vide. Nous vivons dans un monde mobile, dans lequel rien n'est permanent, rien n'est éternel. Tout change autour de nous, tout change à l'intérieur de nous, tout va si vite. Si tu peux trouver, au milieu de ce chaos, ton point fixe, le point fixe de ton univers, ne le lâche jamais. Il t'aidera dans les moments de changements et de doute, lorsque l'on détruira tout autour de toi, tous tes repères, toutes tes maisons et tes habitudes. Moi, je l'ai trouvé en ta maman. Elle est ma stabilité, ma constance, mon immuabilité. Elle est mon pendule de Foucault personnel.

Alors Léo décida qu'à partir de ce jour, Providence serait le point fixe de son univers.

Pour un point fixe, ça commençait mal puisque le point fixe allait se faire la malle, partir en voyage et mettre entre eux deux mille kilomètres.

Léo venait de donner à Providence la permission de décoller.

Il était impatient qu'elle aille retrouver sa fille. Il était surtout impatient de voir de ses propres yeux cette femme en bikini s'envoler vers les nuages, bien qu'il n'y crût pas une seconde. Elle s'était balancée sur lui et l'avait embrassé sur la joue, près de la lèvre en le serrant fort contre sa poitrine. Elle avait la peau douce. Qu'est-ce que c'était beau ce mélange de couleurs sur leurs bras. Une goutte de lait sur un morceau de cuir noir huilé et scintillant. Merci ! lui avait-elle dit avec le cœur et de jolis yeux couleur miel, puis elle était redevenue sérieuse et lui avait demandé la marche à suivre.

Le jeune avait remis son casque-micro de contrôleur aérien et avait écouté les ondes. Il avait prononcé quelques mots en anglais pour avertir les pilotes étrangers encore alignés en tête de piste depuis la fermeture de l'aéroport, puis s'était tourné vers Providence en souriant.

— Ça y est. La voie est libre. N'allez pas trop haut. La température baisse avec l'altitude, et vous n'êtes pas habillée en conséquence. Et puis, souvenez-vous, plus vous montez, moins il y a d'oxygène. Vous vous en rendrez vite compte. Je vais vous accompagner sur la piste.

Pourquoi se donnait-il la peine de lui donner de tels conseils ? Elle n'arriverait jamais à s'élever du moindre millimètre de l'asphalte et voilà qu'il lui parlait comme s'il prévoyait qu'elle atteindrait l'altitude de croisière de trente mille pieds d'un vol commercial ordinaire.

— Je savais que vous seriez d'excellent conseil pour moi, répondit-elle dans un sourire charmeur et charmant.

Ils descendirent un escalier en spirale semblable à ceux des phares en bord de mer et arrivèrent bientôt en première ligne, devant les pistes de décollage, qui s'avéraient, par la plus grande des coïncidences, être les mêmes que celles d'atterrissage. Derrière les grandes baies vitrées du terminal, quelques badauds s'étaient amassés et regardaient la scène, intrigués.

Bonne chance, dit l'aiguilleur du ciel.

Et sans plus attendre, portée par l'insoutenable légèreté des factrices amoureuses, Providence s'envola.

— Non mais attendez, vous vous foutez de moi ? Ça fait une heure que vous vous attardez sur des détails sans importance et quand on arrive enfin à ce qui m'intéresse, le vol de Providence Dupois, vous bâclez ça en une seconde. « Et sans plus attendre, portée par l'insoutenable bla-bla-bla, elle s'envola... » Vous croyez que je vais me contenter de ça ?

Afin d'optimiser l'ascension de Providence et de lui épargner un effort inutile, Léo avait eu l'idée d'utiliser la puissance du réacteur d'un avion pour chauffer de l'air et provoquer l'élévation des petites molécules qui devaient entraîner avec elles le corps de la jeune femme. C'était le principe de la montgolfière, avec un brin de fantaisie, et de science-fiction. Mais si cela fonctionnait, ce procédé l'aiderait sans doute à gravir les premiers mètres (et lui pourrait prétendre au prix Nobel, ou à son admission dans un hôpital psychiatrique). Ensuite, elle pourrait commencer à agiter les bras et entreprendre le merveilleux voyage.

L'avait-elle hypnotisé ?

Il n'aurait jamais pensé collaborer à la folie d'un autre. Mais il était guidé par une force où la raison n'était plus de mise. Une force qu'il tirait des régions les plus reculées de son cœur. Une force que l'on appelait « amour », lorsqu'on ne voulait pas lui donner le nom de « folie ». Si la logique de

Léo lui disait qu'il s'apprêtait à assister à un échec cuisant et que Providence ne s'élèverait pas de l'extrémité d'un ongle de cette piste brûlante en asphalte, son cœur, en revanche, l'imaginait aller haut dans le ciel.

Enfin, on verrait bien. Elle avait l'air si déterminé.

Le contrôleur câbla son casque au nez de l'avion et parla avec le pilote de Lufthansa. Puis il guida Providence derrière le réacteur gauche, à une distance prudente et revint se connecter pour contrôler la manœuvre.

Les pales du moteur se mirent à tourner. Lentement d'abord, puis de plus en plus vite. Bien que sceptique sur l'issue de l'expérience, Léo irait jusqu'au bout. Quitte à passer pour un idiot aux yeux des pilotes. Il fit quelques gestes à la jeune femme pour lui dire que tout irait bien, sous l'œil intrigué de l'Allemand qui, les avions n'étant pas encore équipés de rétroviseur, ne voyait rien de la scène irréelle qui se jouait derrière ses ailes.

Un courant d'air chaud souleva un peu la coupe à la garçonne de Providence et fit trembler son petit corps frêle. Quelques secondes après, elle était propulsée dans les airs, elle et son bikini à fleurs, comme une tranche de pain de mie grillée hors d'un toaster.

Situation : Le ciel, plus communément appelé « atmosphère » (France)
Cœur-O-mètre® : 2 105 kilomètres

Lorsqu'elle ouvrit les yeux, la jeune factrice était dans le ciel, à plus d'une centaine de mètres du sol. Sous elle, s'étalait l'immense aéroport et ses avions cloués au sol, comme dans une maquette d'architecte. Les gens étaient sortis sur la piste et la regardaient, la tête en l'air et la main en visière pour la voir voler. Ils devaient être aussi effarés qu'elle, c'est sûr. On entendait un vague murmure, comme si la foule l'acclamait.

Ça y est, elle avait réussi.

Maître Hué et le Père supérieur avaient raison. Elle était capable de voler. Elle avait ce don en elle. Elle l'avait toujours eu.

C'était incroyable.

Au sol, informés de la mission de Providence par Léo, qui avait diffusé un message au travers des haut-parleurs des terminaux, les voyageurs avaient oublié leurs petits soucis, leur vol annulé, leur réunion ou leur premier jour de vacances pour se rallier à la cause de cette mère qui, portée par son amour, s'était fait pousser des ailes pour aller retrouver sa fille qui l'attendait de l'autre côté de la mer. C'était un si joli message d'amour qu'il n'y avait plus de nationalités, de religions, mais juste un peuple, une race, la race humaine, face à elle. Avec elle. L'être humain, le seul être qui puisse réaliser ses rêves avec de la volonté, le seul être d'ailleurs qui ait des rêves. Car les animaux en avaient-ils, ailleurs que dans un roman de George Orwell ?

Elle devina Léo, là en bas, tout en bas, en train de lui dire au revoir avec de grands gestes. Heureuse, elle agita les bras avec plus de vigueur et monta encore de quelques mètres, en ayant bien à l'esprit les mots du contrôleur. Ne pas aller trop haut. Le froid, et puis le manque d'air la guettaient au tournant d'un nuage.

Bientôt l'aéroport disparut et de grandes étendues vertes et jaunes envahirent le paysage, un immense carré de tissu aussi bariolé qu'un tapis de bain d'Ikea, qui se déroulait à ses pieds et lui indiquait le chemin à suivre. Elle n'avait pas pris de boussole, mais elle sut d'instinct vers où se diriger. Les mères savent ces choses-là.

Une chanson de Jacques Brel lui vint à l'esprit :

> *Ce fut la première fleur*
> *Et la première fille*
> *La première gentille*
> *Et la première peur*
> *Je volais je le jure*
> *Je jure que je volais*
> *Mon cœur ouvrait les bras.*

Le chanteur belge semblait l'avoir écrite pour elle.

Pour aujourd'hui.

Pour ici.

Bientôt, la jeune factrice atteignit le premier nuage et nagea droit vers lui car il ne ressemblait ni à un chou ni à une toque de cuisinier. C'était juste une grosse boule de coton vaporeuse. Elle se glissa dedans, entre ses filaments et lorsqu'elle fut en son cœur, l'eau des gouttes surfondue qui la composait lui éclata au visage et sur ses membres nus comme un brumisateur géant. Quelle sensation ! Et quelle odeur ! Le Père supérieur avait raison. C'était si bon de sentir un nuage. Et hop, une odeur de plus pour son répertoire olfactif ! L'odeur du Paradis. Ce n'était pas tous les jours qu'on l'attrapait celle-là.

Suspendue dans l'air, Providence exécutait des mouvements de brasse, comme si elle s'était trouvée à la piscine des Tourelles où elle avait l'habitude d'aller nager quand elle était petite, comme elle avait l'habitude de le faire aussi dans ses rêves. Elle nageait dans le ciel. Mais c'était tellement mieux que dans son rêve.

Un oiseau passa à côté d'elle, lui sifflant à l'oreille. Et celui-ci, intrigué de voir un humain dans le coin, l'accompagna sur quelques mètres avant de disparaître à nouveau dans le bleu du ciel pour raconter cette incroyable rencontre à ses pairs.

Quand elle était enfant, ses professeurs lui reprochaient de toujours avoir la tête dans les nuages. Et voilà qu'aujourd'hui, elle avait les pieds dans les nuages.

Reste concentrée, se dit-elle. Pense au vase du Tour de France.

Soudain, au troisième nuage à gauche, elle fut prise d'un doute.

Elle n'en était qu'au début, mais elle s'imagina volant quelques instants puis, morte de fatigue, retombant comme une enclume vers le sol. On n'était pas dans un dessin animé où le personnage marchait dans le vide et ne chutait qu'au moment où il s'en apercevait. Dans la réalité, elle tomberait du ciel comme une tartine. Comme dans ses lâchers de tartines qu'elle organisait avec Zahera de temps en temps, à l'heure du goûter.

Cela consistait à tartiner un peu de beurre et de confiture sur une biscotte, à tendre le bras avant de la lâcher. Le but du jeu étant de la faire tomber du côté lisse. Providence redevenait une enfant pendant que Zahera, plus consciencieuse, prenait note des statistiques. Par exemple, sur vingt essais, le morceau de pain était venu heurter le sol seize fois sur sa face tartinée, trois fois sur l'autre face et une fois, il était resté collé à sa main. La plupart du temps, alertée par les rires des autres malades, la femme de ménage entrait dans la cuisine comme une furie et, voyant toute la confiture du pot par terre, elle se précipitait sur les coupables et les réprimandait à coups de balai avant qu'elles aient pu lui expliquer qu'elles s'adonnaient à une expérience scientifique de la plus haute importance et que le sort de l'univers était en jeu. La femme de ménage, apparemment plus préoccupée par le sort de son carrelage que par celui de l'univers, les chassait de la cuisine en jurant en arabe. De retour dans le dortoir, la petite fille notait les résultats sur son cahier et en tirait des conclusions.

Postulat 1
Une fois lâchée, la tartine tombe toujours.

Postulat 2
La tartine tombe presque toujours du côté de la confiture. Et comme la culture, c'est comme la confiture, moins on en a, plus on l'étale, alors il n'est pas faux de dire que la tartine tombe presque toujours du côté de la culture (même si cela ne veut rien dire).

Postulat 3

Si, exceptionnellement, la tartine tombe du côté non beurré, c'est qu'on n'a pas beurré le bon côté.

Providence revint à la réalité.

Il lui fallait être concentrée. C'était ce que lui avaient conseillé les moines. Pas de *Game over* autorisé dans cette vie-là.

Le voyage avait l'air de bien se passer pour l'instant. Mais qu'en serait-il du retour ? Elle se demanda comment elles reviendraient toutes les deux. Car on ne laisserait jamais décoller l'avion et l'assistance médicale qu'elle avait engagée pour le voyage vers la France.

Et comment ramener Zahera dans ses bras ? Elles ne pourraient jamais s'envoler ensemble. Bien trop de poids. Et puis la fillette avait déjà un nuage dans la poitrine. Supporterait-elle de nager parmi eux ?

Providence versa quelques larmes.

À plusieurs milliers de kilomètres de là, un météorologue capta cette précipitation lacrymale sur son ordinateur. Une belle couleur bleu-vert envahit son modèle hygrométrique. C'était comme si, pour la première fois dans l'histoire du ciel, il pleuvait au-dessus des nuages.

Cette après-midi-là, François Hollande décida de prendre le métro. C'était un moyen de transport qu'il n'empruntait jamais. D'abord parce qu'il travaillait là où il vivait, à l'Élysée, un peu comme les épiciers arabes, les restaurateurs chinois ou les tenanciers de saloons dans les westerns américains qui logeaient à l'étage du dessus. Ensuite parce que c'était un casse-tête de planification sans nom pour son service de sécurité qui ne le laissait jamais agir de la sorte. Enfin, qui le lui déconseillait fortement, car on n'empêche pas un président de la République d'agir de la manière qu'il désire, en l'occurrence, de prendre le métro, à moins que l'on ne cherche à prendre une retraite anticipée.

Voilà pourquoi, cette fois-ci, son service d'escorte ne put l'empêcher de s'enfoncer dans les entrailles du métro parisien. Le chef d'État n'avait, de toute évidence, pas bien choisi son jour puisqu'un conseiller vint presque aussitôt l'y chercher pour lui annoncer, le portable n'ayant pas de couverture dans cette grotte du XXIe siècle, qu'un événement sans précédent était en train de bouleverser le monde, car une femme volait.

— Ah non, on ne va pas me refaire le coup de la mère de famille qui vole des steaks hachés au supermarché pour nourrir ses pauvres enfants affamés ! On ne va pas me refaire le coup de 2007 ! Foutez-la-moi dehors, comme la première, comme avait fait Sarko !

— Monsieur le Président, celle-là ne vole pas dans les supermarchés. Elle vole dans le ciel.

— Et elle vole quoi ? Des nuages ?

Monsieur Hollande, qui riait beaucoup de ses propres blagues, fut secoué d'un petit rire semblable au gloussement d'une volaille. Sa cour se força à en faire autant. Et un gloussement de volaille général parcourut la rame de métro, composée à 99,9 % de policiers et 0,1 % de civils, à savoir une dame d'une cinquantaine d'années comprimée entre deux mastodontes et que l'on força à signer un contrat de confidentialité dans lequel elle s'engageait à oublier sur-le-champ les paroles, aussi drôles fussent-elles, de notre bon président.

— Elle vole comme un oiseau, monsieur.

— Comme un oiseau ? Voilà qui est intéressant. La LPO[1] est sur le coup ?

— Non, monsieur.

— Bien. Et la DGAC[2] ?

---

1. Ligue pour la protection des oiseaux.
2. Direction générale de l'aviation civile.

— Non, monsieur.

— Encore mieux. Et la DGSE[1] ?

— Non, monsieur.

— Je n'en attendais pas moins de vous. Bien, dans ce cas, tous à Charles-de-Gaulle !

— La femme est partie d'Orly.

— Très bien, dans ce cas, tous à Orly !

— Monsieur, l'aéroport d'Orly est fermé.

— Bien, dans ce cas, tous à Charles-de-Gaulle !

— Monsieur, tous les aéroports sont fermés. Vous n'avez pas lu la note de synthèse de ce matin ?

— Si vous voulez parler du gros dossier rouge d'une centaine de pages que l'on m'a apporté vers 11 h 00 ce matin de toute urgence, non. Comme Pompidou, je ne lis pas les synthèses de plus d'une phrase. Parce que quand ça dépasse une phrase, ce n'est plus une synthèse !

— La prochaine fois, on vous enverra des télégrammes, marmonna le conseiller.

— Comment ?

— Rien, Monsieur le Président. Je disais que vous aviez raison. Nous veillerons à ce que les prochaines synthèses ne fassent pas plus d'une phrase. À la rigueur, deux, si je peux me permettre.

— Et, tant qu'on y est, plus de gros dossiers

---

1. Direction générale de la sécurité extérieure (services secrets français).

rouges. Je ne les ouvre jamais, les gros dossiers rouges. Ils me font peur. Ça peut vous sauter à la figure à tout moment un gros dossier rouge. Compris ? Bien. Revenons à nos aéroports.

— Tous fermés, monsieur.

— Aucun aéroport français n'est fermé pour le président des Français.

— Un gigantesque nuage de cendres empêche les avions de voler. Voilà ce qu'il y avait dans la synthèse de ce matin.

— Vous voyez que vous pouviez résumer ça en une seule phrase ! Un-gigantesque-nuage-de-cendres-empêche-les-avions-de-voler. Ce n'est pas plus compliqué que cela. Bon, pour votre gouverne, sachez qu'aucun nuage de cendres n'empêche l'avion du président des Français de décoller !

On remonta à la surface en vitesse, on dépêcha une escorte motorisée et on accompagna monsieur Hollande à Orly sirènes hurlantes où l'attendait une représentante moustachue de la police aux frontières pour lui faire le point sur la situation.

— Bonjour monsieur, dit le président, faites-moi le point.

— Monsieur le Président, je ne suis pas un homme, répondit la policière.

— Ça, c'est vos affaires, mon vieux, surenchérit le chef des Français, qui ne souhaitait pas s'immiscer davantage dans la vie privée du fonctionnaire. Je vous ai demandé un point sur la situation, pas sur vos problèmes d'identité sexuelle. Même si j'ai beaucoup aimé ce que vous avez fait à l'Eurovision…

La moustache de la femme frétilla de colère.

— La voleuse, pardon, la volante vient de passer la frontière espagnole, monsieur.

— Quoi ? Elle est déjà chez les bouffeurs de paella ! Allez, assez perdu de temps, conduisez-moi à l'Air France One ! Et que ça saute !

— J'aime bien Hollande, dit le coiffeur.

— Moi, pas trop. Mais bon, je le préfère à l'autre François.

— François Mitterrand ?

— Oui, Mitterrand. Je n'ai jamais trop accroché avec le personnage, bien trop froid et rigide à mon goût.

— Ouais, vous avez raison, bien trop froid et rigide. Et je ne vous raconte pas depuis qu'il est mort…

Situation : Au-dessus des Pyrénées (France-Espagne)
Cœur-O-mètre® : 1 473 kilomètres

Les nuages nagent comme des enveloppes géantes, comme des lettres que s'enverraient les saisons, avait un jour dit le poète albanais Ismaïl Kadaré. Une factrice n'aurait pas écrit mieux.

Que le monde était beau vu d'en haut. C'était une sensation différente de celle de prendre l'avion, car jusqu'à maintenant, on n'avait pas encore inventé les aéronefs au plancher de verre, comme dans les bateaux attrape-touristes de Marseille, ce qui aurait été merveilleux. Et même ainsi, il leur aurait manqué cette douce sensation de fraîcheur et d'humidité qui vous caresse le visage, et cette sensation de liberté totale, et puis l'odeur. L'odeur de Paradis. Providence était maîtresse de ses mouvements et de son cap, maîtresse de l'altitude à laquelle elle désirait voler.

Elle repéra des poseurs de girouettes sur le haut des cathédrales, aperçut des laveurs de vitres en pause, avachis sur des toits en cristal. C'est fou tout ce qu'elle voyait tomber des balcons. Des jeunes filles en larmes, des alpinistes amateurs, une ribambelle de personnages sortis d'une chanson d'Higelin. En quelques heures, elle passa au-dessus des principales villes de France et traversa la gigantesque chaîne de montagnes qui séparait son pays de l'Espagne. Comme par magie, le tapis qui se déroulait à ses pieds changea. Plus jaune, plus sec, moins vert. La terre aride, qui devient de plus en plus assoiffée au fur et à mesure que l'on descend les latitudes.

Providence s'était arrêtée deux fois pour boire un peu et reprendre des forces. Car il ne suffisait pas d'ouvrir la bouche dans un nuage pour se désaltérer. Autant essayer de boire de l'eau expulsée d'un pulvérisateur à cinq mètres. Elle aurait passé des heures à remplir un simple verre. Elle était donc redescendue sur le plancher des vaches avant d'atteindre les Pyrénées, dans des endroits gorgés de rivières, autant de veines à même la roche de la montagne. Après, elle n'avait pas eu de mal à remonter vers les cieux.

Lorsqu'elle regardait vers la surface de la Terre, elle apercevait quelquefois de longues colonnes humaines aussi grandes que des colonies de fourmis. Apparemment, on suivait son voyage d'en bas. Elle en avait eu confirmation lorsqu'elle avait croisé une montgolfière, au niveau de Madrid. Tiens, les montgolfières étaient libres d'aller et venir dans le ciel aujourd'hui ! Un moyen de transport auquel elle n'avait pas pensé. Les quatre personnes à bord avaient approché la nacelle et lui avaient donné quelques aliments à grignoter. Une banane, des gâteaux faits maison par des « supporters » qui voulaient lui transmettre toute leur amitié et voulaient la remercier de leur donner une leçon de vie si belle et si forte. *C'est comme si nous volions tous avec vous dans les nuages*, disait un petit mot glissé dans le Tupperware. *Vous êtes notre Fée Clochette à nous !* Et le journaliste qui était à bord, armé d'une caméra et d'un micro, lui confirma qu'en bas, sur la Terre, on l'appelait déjà « La fée à la 4L jaune » (parce qu'elle travaillait à la Poste).

La fée à la 4L jaune. En temps normal, une fée n'avait que deux ailes. Elle, elle en avait quatre.

C'était pas mal comme nom.

Et cette notoriété.

D'un coup, Providence était devenue aussi célèbre que la Joconde. Aussi célèbre que toutes ces actrices de cinéma françaises et américaines : Sophie Morceaux, Juliette Brioche, Audrey Toutou, Marion Cotillon, Angelina Patrèsjolie, Natalie Portemalle et même Penelope Creuse.

Mais le plus fort de toute cette affaire, c'est que le monde s'était fait écho de l'exploit de Providence et qu'un gigantesque sentiment d'amour avait submergé la planète. Pendant un instant, le pouls des guerres et des conflits avait cessé, pendant un instant le battement de cœur de la haine s'était tu. « *Heal the world, make it a better place* », avait maintes fois chanté Michael Jackson.

Et voilà qu'il n'était plus là pour voir ça. Ni Nelson Mandela d'ailleurs. Ni Martin Luther King, ni Gandhi, ni Mère Teresa. Triste ironie du sort, tous ceux qui avaient un jour lutté pour la paix dans le monde l'avaient quitté à présent. Les Syriens avaient déposé leurs armes sur les sacs de sable et avaient mis leur main en visière pour scruter le ciel. Ils ne verraient jamais la Française car elle était bien trop à l'ouest. Mais ils avaient arrêté le combat. Une trêve soudaine et inattendue, comme lorsqu'un couple fâché tombe par hasard sur un film d'amour et finit par se prendre la main et par s'étreindre sur le canapé, oubliant en une seconde des semaines d'engueulades. Allez, on oublie tout, dit même un Palestinien à un Israélien qu'il tenait en joue avec son fusil automatique. Un peu partout, les familles cassées se rabibochèrent, les pères déserteurs revinrent au bercail, les mères détruites revinrent chercher dans le conteneur poubelle le nouveau-né qu'elles venaient d'y abandonner.

Comme quoi, on pouvait changer le monde.

Lorsque l'on ne se le proposait pas.

Providence avait descendu les poubelles un matin et elle avait sauvé l'univers en chemin.

Et avant que toutes les télévisions de la planète aient rapporté la bonne nouvelle à grands coups de *breaking news*, la situation redevint comme avant. Cela n'avait duré que quelques minutes. Trois minutes. Puis, le temps que tout le monde reprenne ses esprits et ses petites affaires, le temps que l'ange soit passé, le Palestinien appuya sur la détente. Au même moment, un Blanc tua un Noir en Allemagne, un Noir, deux Blancs en Afrique du Sud, et un jeune déséquilibré fit un carnage dans une université américaine avec le fusil qui lui avait été offert pour l'ouverture d'un compte bancaire, un groupe de bûcherons clandestins tua cinq membres d'une tribu amazonienne Awá, un Iranien tua un Irakien, un Irakien tua un Iranien, un Pakistanais lança du vitriol sur le visage de sa femme qui avait regardé un autre Pakistanais, un Brésilien tua une vieille dame en tentant de lui dérober son sac à main, un terroriste du Front al-Nosra tua douze civils et en blessa quarante-trois autres dans un attentat-suicide sur un marché de Damas et un Péruvien dépressif se jeta du haut d'un immeuble de huit étages, sans lâcher son poncho et sa flûte de pan, écrasant en fin de course deux passants qui n'avaient rien demandé.

Le monde était redevenu normal.

Mais jamais on ne pourrait effacer ces trois minutes de paix totale pendant lesquelles aucune mort n'avait été enregistrée. Pas même une mort naturelle. Les vieux et les malades s'étaient retenus en serrant les dents, comme on se retient d'éternuer pour ne pas réveiller un enfant qui dort.

Et l'exploit de la jeune factrice n'avait pas eu que des conséquences sur les esprits et les cœurs de ces hommes et ces femmes qui peuplent notre beau monde, mais également sur les corps, ces morceaux de chair qui les font plus humains, vulnérables et qu'ils trimballent partout avec eux. Car il n'était pas exagéré de dire, et la presse internationale ne s'en était pas privée, que ce jour-là, aux quatre coins du globe[1], nombreux étaient ceux et celles qui, après avoir vu Providence voler dans leur téléviseur pour rejoindre sa fille, avaient guéri de leur maladie. Qui de son petit cancer, qui de sa petite leucémie, qui de son petit cœur brisé.

Et puis, là aussi, tout était redevenu normal.

Étrangère à tout cela, Providence s'était accrochée d'une main à la nacelle de la montgolfière et agitait l'autre bras pour ménager ses forces, comme ces cyclistes qui se tiennent d'une main à la voiture de leur sponsor. Elle répondait au journaliste en souriant, conciliant effort et diplomatie. Maître Hué devait être fou de colère devant son téléviseur bon marché, dans son four de Barbès ou dans sa grande propriété du 16ᵉ, si jamais elle existait. Il était peut-être même en train de manger son chapeau, enfin, son bonnet du PSG. Ce ne serait pas plus insipide que les sandwichs qu'il dévorait. Mais il comprendrait bien le geste de sa disciple qui était en train de révéler son don au monde entier. Car c'était pour la bonne cause,

---

[1]. Je sais, je sais, un globe n'a pas de coins puisque c'est une sphère, mon éditeur m'en a déjà fait la remarque au sujet du *Fakir*. Mais j'aime bien insister.

pas pour laver les vitres du plus haut immeuble de Dubaï.

L'aventure de la jeune femme était vraiment devenue l'événement à suivre, comme le Tour de France, même si elle en avait traversé depuis longtemps les frontières. Elle le gagnerait son affreux vase. Et Choo Noori serait fier d'elle.

Bientôt l'aérostat s'éloigna (ou est-ce Providence qui s'éloigna de lui) et la factrice retrouva son havre de paix, sa nouvelle maison. Ces nuages, c'était chez elle maintenant. Et elle agita les bras de plus belle.

Chaque fois que ses membres commençaient à s'ankyloser, elle pensait à Zahera et la douleur devenait plus supportable. Chaque seconde qui passait la rapprochait de sa fille, chaque battement de bras, chaque ville survolée, chaque rivière, chaque nuage traversé. C'était incroyable d'être là. Magique. Elle avait l'impression de rêver, mais les sensations étaient bien trop réelles.

D'un coup, elle fut arrachée de ses pensées par un bruit sourd, imposant. Un avion bleu et blanc s'approchait d'elle. De grosses lettres s'étalaient sur le fuselage : United States of America. Il s'immobilisa à son niveau, comme ces bateaux pirates qui s'accostent pour livrer un combat dans les films. L'avion était si près qu'elle put voir les pilotes mâcher leur chewing-gum au travers des vitres du cockpit. Dans l'océan, elle aurait nagé en compagnie des dauphins, dans les airs, elle nageait parmi les montgolfières et l'Air Force One ! Quand tous les autres appareils étaient cloués au sol, seul un avion était autorisé à sillonner le ciel, celui qui transportait le président des États-Unis à son bord.

Puisqu'ils n'étaient pas à très haute altitude, la porte de l'appareil présidentiel s'ouvrit sans que personne soit aspiré comme une huître comme dans les films catastrophe. Deux hommes en costume noir attrapèrent Providence par la taille et la tirèrent à eux. La jeune Française se glissa par l'ouverture, et, sans qu'on lui ait rien demandé, se retrouva avec une paille dans une main et un verre de whisky avec deux glaçons dans l'autre.

Voilà comment la petite factrice de la banlieue sud de Paris rencontra l'homme le plus puissant du monde. Juste après Maître Hué, bien entendu.

Malgré son immense pouvoir, Obama était un homme simple. Comme tout un chacun, il troquait ses chaussures vernies contre de confortables pantoufles rouges à l'effigie d'Homer Simpson lorsqu'il se trouvait à la maison (ou dans son avion, ce qui revenait un peu au même). C'est donc habillé aux couleurs de sa nation, en costume bleu marine, cravate blanche et en charentaises écarlates, que l'homme d'État reçut la jeune Française, un grand sourire aux lèvres.

— *My dear Providence, I jumped right away in my Jumbo the very moment I...*

Une blonde aux dents blanches apparut comme par magie à ses côtés et commença à traduire.

— Ma chère Providence, j'ai sauté dans mon Jumbo à la seconde où j'ai entendu parler de votre exploit. En ce moment même, je devrais être en route pour la Grèce afin d'ouvrir les jeux Olympiques, et notamment l'épreuve de lancer de noyaux de cerises, dont l'équipe française, m'a-t-on dit, est favorite. Est-il vrai que leurs survêtements sont tricotés à base de roquefort ? Déjà que les Français ne sentent pas très bon… (Ça, il m'a demandé de ne pas le traduire, mais je n'ai pas pu m'en empêcher.) Enfin, bref, j'ai voulu vous voir voler de mes propres yeux. Ce que vous êtes en train de réaliser est beau et méritant. C'est fantastique même. Comme aurait dit Neil Armstrong, « c'est un petit battement de bras pour l'homme, enfin, la femme, et un grand battement de bras pour l'humanité ». Dommage que ce soit une Française qui y soit arrivée en premier. (Ça aussi, il m'a demandé de ne pas traduire, mais c'est plus fort que moi.) Je vous félicite au nom des États-Unis d'Amérique. À votre premier vol ! Je vous décore donc de la médaille américaine de la Paix. Quel rapport entre la paix et votre action ? Aucun, mais c'est la seule médaille qu'il me reste. J'en ai des stocks entiers. Impossible de les écouler.

— Je suppose que ça aussi, il vous a demandé de ne pas le traduire.

— Non, pourquoi ?

— …

Barack Obama sortit un petit morceau de tissu bleu et blanc en forme d'étoile du coffret que lui tendait une autre blonde aux dents blanches, apparue elle aussi comme par enchantement, et l'épingla à la partie du haut du bikini de Providence. Puis il l'embrassa avec émotion sur les deux joues.

— *Thank you*, dit la jeune Française, à la fois honorée et inquiète que ce nouveau poids gêne son vol.

Les deux hommes en noir du *Secret Service* l'agrippèrent à nouveau d'un geste ferme et l'accompagnèrent jusqu'à la porte de l'avion. Là, ils la lancèrent dans le vide en lui souhaitant bon voyage avant même qu'elle ait pu crier Geronimoooo.

Providence mit quelques secondes à retrouver son rythme de croisière. Et lorsque cela arriva, un nouveau bruit sourd retentit à ses oreilles. Un nouvel avion, blanc celui-là, avec écrit République française sur le fuselage, vola à son niveau comme l'avait fait quelques minutes plus tôt le bolide américain. Les aéroports ne sont pas fermés pour tous, pensa la jeune femme.

La porte avant de l'aéronef s'ouvrit et deux mains puissantes l'agrippèrent. Avant d'avoir pu dire ouf, elle se trouva face à François Hollande, chef des Français.

— Suis-je le premier ? demanda-t-il sans plus de préambule.

— Oui, Monsieur le Président, mentit Providence.

— Bien, souffla-t-il, soulagé. Même avant Obama ?

— Même avant Obama.

— Super. Vous savez, j'ai sauté dans mon Air France One dès que j'ai été mis au parfum.

— Je n'en doute pas, Monsieur le Président.

Si elle avait été présidente elle aussi, il y a belle lurette qu'elle aurait sauté dans son Air France One pour aller chercher sa fille. Mais bon, la plèbe devait se contenter d'apprendre à voler en battant des bras, comme des poulets de jeux vidéo inventés par des génies.

À l'instar de son homologue américain, il la félicita, sans l'aide d'aucune interprète blonde aux dents blanches, et la décora de la médaille du Mérite. Hop, un petit flocon en tissu bleu épinglé sur le bikini.

— Merci, Monsieur le Président, je suis honorée.

— C'est quoi cette médaille américaine ?
— Où ça ?
— Eh bien, là, sur votre soutien-gorge !
— Ah, ça !
— On dirait la médaille américaine de la Paix ! Vous m'avez dit que j'étais le premier !

Il semblait plus perdu qu'Adam le jour de la fête des mères.

— Oh, mais vous êtes le premier.
— Et alors, comment expliquez-vous que vous ayez la foutue médaille d'Obama sur les nibards ?

Lorsque le président des Français s'énervait, il avait cette fâcheuse propension à devenir vulgaire. Voyant que la situation était en train de tourner au vinaigre, son conseiller s'approcha et le calma de quelques sages paroles.

205

— Veuillez m'excuser, mademoiselle Dupois. Je suis un peu nerveux en ce moment. Comprenez-moi, ma cote de popularité aura bientôt moins de valeur que le peso argentin.

Puis il sourit et embrassa Providence.

Avant d'avoir pu dire *Supercalifragilisticexpialidocious* (ou *anticonstitutionnellement*), de gros bras avaient saisi la Mary Poppins de la Poste par les hanches et l'avaient renvoyée dans les nuages, le cœur empli de fierté et le bikini plus lourd d'une étoile. Elle ne saurait jamais ce que le conseiller avait dit à son président pour le calmer. Secret d'État.

Et à propos de conseillers, de présidents et de secrets d'État, le cortège politique continua. Dans le ciel, on assista bientôt à un véritable ballet de Boeing et d'Airbus officiels. La crème de la crème des États du monde entier ne voulait pas passer à côté de « la femme qui vole ». Chacun y allait de son petit serrage de main et d'une décoration. Rajoy, le président du gouvernement espagnol et sa médaille en chocolat, crise économique oblige, Poutine (un passeport au nom de la jeune femme dans les mains au cas où celle-ci serait tentée par la nationalité russe) et la Chancelière allemande, curieuse de voir ce beau maillot à fleurs de près et, éventuellement, savoir si elle pouvait le trouver en grande taille. L'univers entier trouvait cela extraordinaire. Et ça l'était. Providence était devenue une fée partie au secours de son enfant, d'un coup d'ailes.

Ce n'est qu'une fois seule que la jeune Française réalisa qu'elle venait de rencontrer les grands de ce monde. Obama, qui sentait le dentifrice, Poutine, qui sentait le papier à billets, et Hollande, le fromage et l'ail, en bon Français qu'il était. Elle avait maintenant l'impression de les connaître comme de vieux amis.

Mais elle ne repartait pas qu'avec des odeurs.

Son bikini était plus chargé d'étoiles que la combinaison d'un gamin de dix ans inscrit dans une école de ski de Chamonix. Elle aurait tellement de choses à raconter à Zahera lorsqu'elles se retrouveraient, si celle-ci n'avait pas déjà été mise au courant par Internet. Pourvu que ce soit le cas. Elle comprendrait ainsi son retard. Son premier jour en tant que mère, et elle la décevait déjà. Quelle honte !

Bientôt, la jeune femme aperçut l'eau. Des reflets argentés. Des millions de coquillages nacrés. Quelques kilomètres entre deux bouts de terre. Bon signe, un détroit. Celui de Gibraltar. Elle n'était plus très loin maintenant.

Le soleil continuait de briller et descendait avec lenteur. La guidant tel un compagnon fidèle, il ne lui avait pas brûlé les ailes comme à Icare.

La terre réapparut soudain. Elle était au Maroc. La terre promise. Elle amorça sa descente comme si elle avait été, elle-même, un avion. Elle imagina l'annonce. Veuillez ranger vos tablettes et mettre vos sièges en position verticale. Dans quelques minutes, elle survolerait Marrakech. Un peu à l'est se trouverait l'hôpital, une grande bâtisse blanche perdue au milieu d'un grand tapis jaune, entre le désert et les montagnes.

Mais alors qu'elle descendait vers la surface de la Terre, elle vit devant elle se dessiner les courbes d'un mystérieux objet.

Elle frémit.

Change de cap, se dit-elle, change de cap, vite !

Les moines avaient tous raison, cela ressemblait à une toque de cuisinier, et en même temps, à un gros chou-fleur.

Tout cela était trop beau pour durer.

Alors, dans sa précipitation pour changer de cap et éviter le cumulonimbus menaçant, le nuage aux deux bombes nucléaires, le nuage-machine-à-laver, Providence s'engouffra dans une poche de vent qui l'aspira vers le sommet menaçant d'une montagne qui venait vers elle à une vitesse prodigieuse. Au ski, c'est lorsque l'on voit le sapin arriver sur nous que l'on finit le cul dans la neige. Dans le ciel, c'est la même chose.

Chargée de médailles comme un ancien combattant le jour du 14 Juillet, ou un dictateur sud-américain en activité, elle fut attirée vers le bas et ne put contrôler son vol. La vanité avait eu raison d'elle.

Comme une vague déferlante jette le corps d'un nageur sur une côte escarpée, le courant d'air propulsa notre factrice en direction du sol avec une force terrible. Elle était devenue une poupée de chiffon docile et vulnérable aux mains des éléments. Bien trop fragile pour qu'elle puisse résister à une telle bousculade, elle alla s'écraser sur la cime du premier arbre qui passait par là en sifflotant.

QUATRIÈME PARTIE

Fin de tournée à dos de dromadaire

À quelques kilomètres de là, Zahera menait une lutte acharnée contre un autre nuage. Prisonnière de ses chaînes de tubes en plastique, la fillette semblait dormir paisiblement dans un cercueil de verre. Placée dans un coma artificiel par les médecins afin de soulager sa souffrance, elle attendait une greffe qui n'arriverait sûrement pas. C'était le cas le plus probable. Que cette attente reste vaine et que Zahera sombre lentement. Que sa petite respiration ralentisse peu à peu puis s'estompe.

Dans quelques heures, elle n'existerait plus. Elle ne remplirait plus le dortoir de cet hôpital de ses éclats de rire, de sa jeunesse, de sa vitalité. Elle ne jouerait plus, elle ne remplirait plus ses cahiers d'anecdotes incroyables sur le monde. Elle ne remplirait plus sa tête de rêves et d'ambitions, ses yeux, d'étoiles, son cœur, d'amour. Elle ne remplirait plus qu'un vide. Elle ne remplirait plus qu'une boîte en bois de quelques dizaines de centimètres dans un petit coin de terre du désert. Elle ne remplirait plus que la peine inconsolable de sa nouvelle mère. Elle disparaîtrait à la même vitesse que l'on apparaît sur un Polaroid, ou à celle des trains qui nous emmènent loin du quai où demeurent ces gens que l'on aime tant. Elle ne remplirait plus que le souvenir des autres. Elle ne remplirait même plus son corps.

Dans un instant, cette petite princesse aux yeux noirs serait dépossédée avec brutalité de cette enveloppe charnelle en location qui lui avait été adressée à la naissance, pour quelques années seulement. Dans un instant, elle serait dépossédée de cette âme qui l'avait fait aimer, rêver, détester, avoir peur, avoir chaud, avoir faim durant tout ce temps, qui l'avait amenée à être tout ce que nous sommes. Qui l'avait rendue humaine. Cette jolie race à laquelle nous appartenons, nous les habitants du monde. Nous, ces drôles d'êtres de toutes les couleurs, avec des bras, des jambes, des visages lisses ou ridés, des têtes poilues et des ventres plus ou moins plats, des sexes pendants, des yeux secs ou humides, bridés ou grands ouverts et des cœurs qui palpitent.

Ce petit corps ne connaîtrait jamais les baisers et les mains d'un homme amoureux, la jouissance, l'orgasme, la vieillesse. C'était une œuvre incomplète.

On fait des enfants pour qu'ils deviennent forts, grands, invincibles, pour qu'ils nous surpassent, pour les voir grandir, pour qu'ils aient une vie longue et belle, et puis ils meurent au bout de quelques années seulement, avant nous. Neuf mois pour venir au monde, une seconde pour le quitter. Dans un instant, le contrat de vie à durée déterminée de Zahera prendrait fin et elle devrait laisser sa place dans ce monde. On laverait ses draps, on épousseterait un peu le matelas et on préparerait le lit pour une nouvelle patiente, comme s'il ne s'était jamais rien passé, comme si elle n'avait jamais existé. La vie suivrait son cours ici, sans elle. C'était injuste de disparaître comme cela, sans laisser de trace. Même le plus insignifiant des escargots laissait quelque chose derrière lui, ne fût-ce qu'un long et visqueux filet de bave.

— Quand je la regarde, je vois ma petite fille, dit l'un des deux médecins qui était à son chevet. Là, tu vois, je n'ai qu'une envie, c'est de rentrer à la maison, de la prendre dans mes bras et de lui dire combien je l'aime. De passer du temps avec elle. De profiter de chaque moment avec elle.

Les deux hommes virent les paupières de la fillette frissonner.

En la voyant, là, allongée sur ce lit, ils n'auraient jamais imaginé qu'elle puisse être si loin, dans son rêve, déjà en route vers la Chine, dans un train filant à vive allure.

***

Zahera ouvrit son sac à dos. Elle n'avait emporté avec elle qu'une pomme verte, une bouteille d'eau et un paquet de dix cornes de gazelle qu'elle avait volées dans la cuisine de l'hôpital. De bien maigres victuailles pour un si long voyage. Mais elle se réapprovisionnerait à la première occasion. C'était une battante (« les Zahera se battent avec force pour leur bonheur et celui de l'humanité »). Même si ce n'était pas bien de voler, le bonheur de l'humanité justifiait quelquefois le vol d'une pomme. Allah, son créateur, ne lui en voudrait pas pour si peu de chose.

La petite fille essuya le fruit avec ses mains et croqua dedans à pleines dents. Le jus sucré éclata jusque sur ses lèvres, les recouvrant d'un vernis brillant. Ce que ça faisait du bien de manger ! Elle était partie de l'hôpital sans rien dans le ventre, rapidement, sans bruit, alors que l'établissement avait sombré dans une nuit profonde. Elle avait attendu que tout le monde dorme profondément dans le grand dortoir, puis elle s'était glissée jusqu'à la cuisine à pas de loup avant de partir.

C'était la première fois qu'elle partait. La première fois qu'elle se sentait libre de pouvoir aller où bon lui semblait.

À sa grande surprise, l'Orient-Express, le mythique train dont elle avait connu l'existence au hasard de ses recherches sur la Toile, et dont elle admirait l'esthétique et la machinerie, l'attendait au bout du long chemin de pierres qui menait de l'hôpital à la grande route, serpentant entre les dunes du désert. Nulle part, elle n'avait lu que le train passait par ici, dans ce coin du monde, mais elle ne chercha pas plus à savoir, de peur de le faire fuir. Tant mieux, après tout. Elle était donc montée dedans et s'était installée dans un compartiment où seul un vieux monsieur d'aspect asiatique et affublé d'un chapeau melon dégustait une soupe avec une paille plantée dans une boîte en carton. Puis le train avait démarré, dans un silence religieux, et s'était éloigné du funeste endroit.

À présent, Zahera mastiquait sa pomme verte alors que l'homme continuait d'absorber lentement sa soupe. Heureuse symphonie des ventres pleins, ou en train de se remplir. Lorsque les poitrines se vident. Car la petite fille se rendit compte que le nuage ne la dérangeait plus. Elle respirait normalement à présent. Le souffle bref et profond de Dark Vador l'avait enfin quittée. Ce souffle terrible venu d'outre-tombe s'en était allé. Le nuage avait fini par libérer ses entrailles comme un bernard-l'hermite sa coquille.

Elle remarqua du coin de l'œil que le vieux monsieur assis en face d'elle l'observait par-dessus ses lunettes et sa paille. Réalisant qu'il venait d'attirer son attention, celui-ci reposa délicatement la boîte en carton sur le siège voisin, s'essuya le bord des lèvres avec un mouchoir de soie blanche qu'il tira d'une poche secrète de sa veste en tweed et lui sourit.

— Où vas-tu comme ça, toute seule ?

La petite fille hésita. Elle ne risquait rien à lui révéler sa destination.

— Je vais voir les étoiles.

— Crois-tu que ce train soit le meilleur moyen pour y arriver ? demanda l'homme amusé. Une fusée ne serait-elle pas plus adaptée à ton étrange propos ?

À la grande surprise de Zahera, l'Asiatique parlait arabe. Un arabe soutenu, sans accent.

— Non, je vais visiter l'endroit où l'on fabrique les étoiles.

— Ah… L'usine à étoiles ? Bien sûr, bien sûr… Et où cela se trouve-t-il donc ?

— On dit *La Fabrique aux Étoiles*, et c'est en Chine, répondit la petite Marocaine étonnée de l'ignorance de l'adulte.

— C'est un beau pays, la Chine. On n'y fabrique peut-être pas des étoiles, mais on y fabrique des gars comme moi.

— Vous êtes chinois ?

— Cela ne se voit-il pas ? demanda l'homme en soulevant ses lunettes, exhibant plus encore ses yeux bridés avant de lui faire un clin d'œil. Et si tu en doutes encore…

Il tendit sa main ouverte vers elle. Dans la paume, on pouvait lire une inscription gravée à même la peau.

— *Made in China*, lut Zahera.

— Cela signifie « fabriqué en Chine ».

— Je sais, répondit-elle, omettant de lui

raconter l'histoire de Rachid et de lui montrer le morceau d'étoile qu'elle transportait avec elle soigneusement enveloppé dans une chaussette.

— C'est un beau pays, la Chine. Mais tu voyages bien léger pour aller si loin. As-tu au moins de l'argent ?

— Non. Juste une petite bouteille d'eau et un paquet de cornes de gazelle.

Le vieux secoua la tête lentement. Savait-il au moins ce qu'était une corne de gazelle ? Il glissa sa main tremblante dans une serviette en cuir posée à côté de lui et en tira une feuille de papier qu'il lui tendit.

— Tiens, cela devrait t'aider dans ton voyage. C'est un dessin que j'ai réalisé il y a plusieurs années, quand je savais encore dessiner… Je suis un artiste connu et apprécié dans mon pays. Dis qu'il est de moi et on devrait t'en donner un bon prix.

La petite fille retourna la feuille, une fois, deux fois. Mais celle-ci était complètement vierge.

— C'est quoi ? demanda-t-elle intriguée.

— Eh bien, tu ne vois pas ? C'est la mer sans les bateaux.

— Ah…

Ne voulant pas paraître malpolie, Zahera fouilla son petit sac à dos, en tira un carnet dont elle arracha une page qu'elle fit mine de choisir consciencieusement et lui tendit un dessin en échange. L'homme en observa le recto, puis le verso, avec grand intérêt. Les deux côtés étaient blancs comme neige.

— Qu'est-ce donc ? demanda-t-il intrigué.

— C'est le ciel sans les nuages, rétorqua la petite fille avec un sourire entendu. Je ne suis pas connue. Ça ne doit pas valoir grand-chose. Mais c'est un ciel sans nuage… Et ça, vous savez, c'est beaucoup pour moi…

À ce moment, une voix annonça que le train entrait en gare de Pékin. Cinq minutes étaient passées depuis qu'ils avaient quitté le désert marocain mais cela ne sembla choquer personne. Zahera balança son sac à dos sur l'épaule et prit congé de l'homme, qui la salua en soulevant son chapeau.

En descendant du train, elle s'aperçut qu'elle n'avait même pas demandé son nom à l'inconnu et qu'elle ne pourrait donc pas tirer un seul yuan de son dessin. La page blanche la plus chère du monde.

La Chine ressemblait à toutes les photos qu'elle avait vues sur Internet. Pékin était une ville pressée, surpeuplée, aux couleurs vives et aux senteurs épicées. Si la Chine était le pays des étoiles, c'était aussi le pays des vélos. Elle en trouva un sans cadenas, vert chromé, adossé à un grillage au fond d'une cour, laissa une corne de gazelle à sa place en guise de dédommagement et s'engouffra dans le trafic avec l'habileté d'une autochtone.

Le béton laissa bientôt place aux rizières

humides et vertes. L'usine n'était qu'à quelques kilomètres. Elle les parcourut en dix coups de pédales. Pas un de plus, pas un de moins. Elle les avait comptés. Sans guide, sans carte, sans GPS, comme si elle avait fait cela chaque matin et chaque soir.

Arrivée devant un immense établissement, qu'elle reconnut immédiatement comme étant *La Fabrique aux Étoiles*, elle déposa le vélo au sol et entra d'un pas rapide. Là, des centaines de Chinois, affairés à sculpter, à grands coups de burin, des boules parfaites à partir d'un matériau non identifié gris anthracite, se retournèrent et la saluèrent en chœur. On s'empressa de lui déléguer un interprète français-chinois afin de lui présenter la chaîne de production. De gros poids lourds, venus d'une carrière tenue secrète, déversaient chaque minute des tonnes de minerais dans une immense vasque. Une mâchoire de fer cassait tout cela et un tapis roulant menait la matière première vers plusieurs ateliers. On sculptait donc des boules parfaites puis on les enduisait d'un produit chimique qui émettait des radiations lumineuses dans l'obscurité. « La couleur de la lumière employée est la A786, style phare de voiture », avait précisé l'interprète en souriant. D'ailleurs, ici, tout le monde souriait. Les Chinois travaillaient dur. Ils travaillaient comme des Chinois. Et, sans jamais se plaindre, ils burinaient la pierre à longueur de journée en souriant, heureux de leur sort dans ce pays merveilleux.

Zahera les remercia donc, comme elle se l'était promis, pour illuminer le ciel de son désert si lointain la nuit venue. Pour illuminer son peuple. Et elle donna à celui qui paraissait le chef des Chinois le dessin du vieillard à la soupe. « *La mer sans les bateaux*, dit-elle, mais le chef ne sembla pas connaître. Qu'importe, ce dessin vaut des millions », ajouta-t-elle. Alors le chef s'inclina humblement et fourra la feuille de papier vierge dans la grande poche de sa toge noire comme s'il s'agissait d'un trésor.

On continua la visite.

Dans l'avant-dernier atelier, on imprimait, avec un tampon et un marteau, et d'un coup sec et vigoureux, le fameux *Made in China* qui valait à la jeune fille d'être là aujourd'hui. Mais la dernière étape était de loin la plus intéressante, car il s'agissait de propulser partout dans l'univers les boules lumineuses pour qu'elles éclairent le monde. Afin de voir cela de plus près, l'interprète invita Zahera à prendre place, une étoile dans les bras, dans l'un des gigantesques canons pointés vers le ciel. Et en moins de temps qu'il ne faut pour l'écrire ou le rêver, la petite fille se retrouva dans l'espace, flottant avec son astre dans les bras.

Elle n'eut pas le temps d'admirer le spectacle de la planète bleue au loin. Une main l'attrapa par-derrière et la happa dans ce qu'elle reconnut comme étant la station spatiale internationale. Habillée d'un coup en combinaison de spationaute, elle se retrouva à exécuter des cabrioles en apesanteur pour attraper des casseroles. C'était le seul endroit dans l'univers où ses couettes pointaient vers le haut, à la manière de Fifi Brindacier.

Zahera regarda à travers la vitre embuée de son four. Elle n'avait jamais vu de soufflé aussi haut. Puis elle cassa deux œufs dans la casserole qu'elle venait de prendre, en ôta les jaunes, et commença à les battre. Sans le moindre effort et en quelques secondes, ils étaient montés en neige. Une île flottante vaporeuse déborda du récipient comme un chapeau haut-de-forme.

— Le ramadan commence demain, dit un spationaute en flottant jusqu'à Zahera.

La fillette se retourna et vit un Arabe en combinaison orange croquer dans sa pâtisserie avec un regard malicieux.

— J'emmagasine des réserves, se justifia-t-il. Félicitations, c'est très bon !

— Qui êtes-vous ?

— Ahmed Ben Boughouiche, le premier spationaute marocain, pour te servir ! Tu dois être Zahera, si je ne me trompe pas, la première pâtissière spatiale…

La fillette se redressa fièrement. Une posture difficile à tenir en apesanteur.

— C'est bien moi. Mais je préfère dire *pâtissière-*

spationaute, ou *marocanaute*. On respecte aussi le ramadan dans l'espace ?

— Bien sûr ! répondit l'homme dans une cabriole.

Et il alla chercher *Le Ramadan spatial pour les nuls*, un petit livre noir et jaune d'une vingtaine de pages qui était scratché sur une étagère.

— Tu vois, ce pamphlet, il a changé ma vie, dit-il. Il est devenu mon meilleur compagnon de l'espace.

— Ah bon ?

— Il faut dire qu'avant, je n'aurais jamais imaginé qu'un jour je devrais me demander, à l'heure de la prière, comment on s'oriente vers La Mecque... depuis une station spatiale !

— ...

— Et puis, tu as déjà essayé de t'agenouiller en apesanteur, toi ?

L'homme se plaqua quelques cheveux en arrière, mettant au jour une ancienne cicatrice.

— Ma tête connaît chaque coin en ferraille de cette petite boîte de conserve, reprit-il. Enfin, comme quoi, ce bouquin, ce n'est pas du luxe. Mon meilleur compagnon dans l'espace, je te dis.

— Et moi, est-ce que je pourrai aussi devenir votre meilleur compagnon de l'espace ? demanda Zahera.

— Ça, ça ne dépend que de toi.

— De moi ?

— De toi et de ton nuage. Bien sûr, tu es la

bienvenue ici et tu peux rester tant que tu veux dans cette station spatiale, surtout si c'est pour me préparer d'aussi bons desserts. Mais entre nous, je préférerais que tu te battes, Zahera, que tu terrasses ce nuage au fond de toi et que tu sortes de ce coma...

***

À ce moment-là, trois cent cinquante kilomètres au-dessous d'eux, dans un petit hôpital de province marocain, une machine siffla longuement aux côtés d'une petite fille endormie, faisant sursauter les deux médecins à son chevet et distillant dans les couloirs et sur le monde les signes d'un funeste présage.

Situation : Quelque part entre le désert et le ciel (Maroc)
Cœur-O-mètre® : 15 kilomètres

Un relent d'ail sortit Providence de sa léthargie, lui faisant frétiller les narines jusqu'à la limite du supportable. C'était plus fort qu'elle. Cette odeur pernicieuse, qu'elle abhorrait tant, assaillit le moindre pore de sa peau la réveillant aussi sec. Une bassine d'eau n'aurait pas eu meilleur effet.

Son premier réflexe fut de vérifier qu'elle avait toujours sur elle, coincée entre la culotte de son bikini et sa peau, la petite fiole que le Père supérieur lui avait donnée. Elle essaya de bouger, mais sa main resta immobile, prisonnière d'une force invisible. La jeune femme pensa qu'elle avait dû se casser quelque chose dans la chute, qu'elle s'était disloqué l'épaule, mais elle s'aperçut bientôt que ce qui la paralysait n'était autre qu'une corde. Elle était ligotée, les mains dans le dos, à un pieu planté dans la terre. Elle ferma les yeux pour les rouvrir aussitôt. Cela eut pour effet de dissiper la fine pellicule de liquide lacrymal qui lui obstruait la vue. Non, elle ne rêvait pas. Elle se trouvait bien sur le sommet d'une belle montagne, la lune ne s'était pas encore levée et… elle s'était fait kidnapper par des Berbères.

— Des Berbères !

— Des Chleuhs, trouva bon de préciser l'homme qui était assis devant elle, en lui soufflant son haleine de dromadaire au visage. Notre peuple s'étend depuis le Haut Atlas jusqu'à la plaine du Souss.

Le puissant odorat de la jeune femme lui apprit que les dernières choses que le sauvage avait portées à sa bouche avaient été un ragoût d'agneau aux herbes et aux poivrons, avec une pointe de citron, des dattes, un thé à la menthe et… un cul de chèvre… C'est fou comme l'on pouvait connaître les gens rien qu'en les sentant.

— Des Shleus ? répéta Providence abasourdie.

Elle trouva que les Allemands avaient bien changé depuis la Seconde Guerre mondiale.

— Oui, Chleuhs, répéta l'homme avec son accent français à couper au couteau. Enfin, au poignard berbère. Au poignard chleuh.

Derrière lui se dressaient quelques tentes en peau. Mais il n'y avait personne d'autre qu'eux. La situation n'était pas très réjouissante.

— Pourquoi suis-je attachée ? s'exclama la Française en tirant sur les liens, ce qui les resserra plus encore.

L'homme promena son doigt sur sa barbe de trois jours et s'humecta la lèvre supérieure d'un coup de langue sonore.

— On ne voit pas souvent d'aussi belles gazelles dans le coin…

Ça y est, voilà qu'après la crise d'appendicite, elle venait de tomber sur la crainte numéro 2 de sa vie : l'enlèvement. Avant chaque voyage, qu'elle entreprenait en général seule, son entourage avait la fâcheuse habitude de la mettre en garde contre ces « voleurs de femmes » qui sévissaient impunément dans tous les pays barbares et sauvages où Providence avait l'inconscience de se rendre. En Thaïlande et en Arabie, c'étaient les cabines d'essayage des grands magasins qu'il fallait éviter, parce qu'on vous y attendait avec du coton et du chloroforme pour vous endormir avant de vous enfermer dans une caisse et d'augmenter les statistiques des réseaux de traite des Blanches. Au Maroc, c'étaient les montagnes qu'il ne fallait jamais arpenter seule, à cause de ces pillards du désert qui vous attrapaient, vous violaient et vous vendaient au premier venu en échange d'un nombre de chameaux proportionnel à votre beauté, ou inversement proportionnel à votre caractère (plus on en a, moins c'est cher). C'était bien connu, les marchés aux esclaves étaient pleins de blondes en talons aiguilles qui avaient un jour eu la mauvaise idée d'aller pisser dans un buisson pendant une pause d'autocar sur le chemin de Ouarzazate.

Providence venait de tomber dans l'antichambre de l'enfer, dans un de ces camps de fortune où les hommes, tristement seuls, bavaient en voyant le cul crasseux des chèvres. Elle n'osa pas imaginer ce qu'il arrivait lorsqu'ils croisaient une jolie jeune femme comme elle égarée dans le désert en bikini.

— Qu'avez-vous fait de ma fiole ? dit-elle pour détourner l'attention du vieux pervers qui la buvait des yeux.

— La fiole ?

— Oui, la fiole qui était là.

C'est en indiquant d'un coup de menton le côté droit de son maillot de bain, au niveau de sa minuscule cicatrice d'appendicite, qu'elle se rendit compte que ce n'était pas là le meilleur moyen de détourner l'attention du sauvage. Au passage, elle s'aperçut qu'elle n'avait plus aucune décoration de toutes celles que les chefs d'État lui avaient épinglées sur le soutien-gorge de son bikini. Elles avaient dû se décrocher dans sa chute. Et celles qui ne s'étaient pas dégrafées avaient dû finir dans les poches en peau de chameau de ces pillards du désert attirés par tout ce qui brille.

— Oubliez la fiole. Vous êtes seul ici ?

Voilà qu'elle lui parlait comme à un nouvel ami qu'elle se serait fait sur Facebook. Dans quelques instants, elle lui parlerait du temps, et peut-être même du prix de l'essence, les deux sujets de conversation de prédilection des Français.

— Je chassais avec les autres, mais ton odeur m'a attiré jusqu'à toi, ma belle gazelle. J'ai trouvé le dîner avant tout le monde, on dirait...

L'homme posa une main sur l'épaule de Providence et, de l'autre, commença à baisser la bretelle du soutien-gorge de son bikini. La jeune femme s'agita dans tous les sens pour se dégager de l'emprise du Chleuh, mais les liens étaient bien trop serrés et l'homme avait une bonne poigne. Elle tenta de s'envoler, mais ses fesses ne s'élevèrent pas d'un seul millimètre du sol poussiéreux sur lequel elle était assise. Était-ce une question de concentration, était-ce parce qu'elle ne pouvait pas agiter les bras ? Il lui faudrait bien plus de force que cela pour pouvoir entraîner avec elle le pieu qui était fermement planté dans la terre. Et puis, pas la peine d'appeler au secours. Déjà que cela ne servait à rien en plein jour, dans le métro bondé à Paris, alors dans le désert… Autant dire que la partie était perdue d'avance.

Les yeux de l'homme s'illuminèrent lorsqu'il découvrit un sein de la belle gazelle. Il le mit tout entier dans sa main aux doigts rêches et crevassés et le soupesa un instant, satisfait de sa petite taille et de son poids. Satisfait de sa texture et de sa chaleur. Il ne pensait qu'à une chose, le mettre tout entier dans sa bouche.

Il se pencha vers elle.

À la grande surprise de Providence, ce n'était pas le sauvage qui émettait cette insupportable odeur d'ail. Elle identifiait clairement, dans la mélodie de senteurs que dégageait la peau de l'homme, des traces d'excréments, de fromage, de piment, de feu de bois et de chèvre. Un peu de tout, mais pas d'ail.

— Je crois que je vais tomber amoureux, dit-il en souriant.

Et il tomba de tout son corps, non pas d'amour mais assommé, sur la jeune femme.

Derrière le sauvage du désert qui venait de s'écrouler à ses pieds, se trouvait un autre homme.

Un homme qui n'était ni un sauvage, ni du désert.

Un homme à qui elle avait maintes fois apporté le courrier.

L'homme qui était la cause de la palpitation de son petit cœur.

Léo se tenait debout, vainqueur et grand, un plat à tajine dans la main.

— Et un tajine pour le monsieur, un ! s'exclama-t-il à la manière d'un serveur de brasserie parisienne.

Puis il laissa retomber par terre le récipient de céramique avec lequel il venait de frapper le Marocain.

— Je crois qu'il est vraiment tombé amoureux, là.

— Oui, au moins pour une bonne demi-heure, précisa le contrôleur aérien en s'accroupissant devant Providence et en lui remontant pudiquement la bretelle du soutien-gorge.

Il passa derrière elle et détacha ses liens.

— Qu'est-ce que tu fais là, Léo ? dit-elle abasourdie en passant pour la première fois du *vous* au *tu*.

Il venait de lui sauver la vie après tout. Ils avaient franchi un pas de plus dans leur intimité.

Et comme cela était arrivé lorsqu'elle l'avait appelé pour la première fois « Léo », le jeune homme fut parcouru d'un doux frisson de plaisir.

— C'est vrai ça, dit le coiffeur, le visage traversé d'un grand point d'interrogation, qu'est-ce que vous foutez là ? Qu'est-ce que vous foutez en plein désert maintenant ?

Léo hésita.

— C'est exactement ce que m'a demandé Zahera. Enfin, avec d'autres mots.

— Zahera ?

— Oui, la petite fille que Providence allait chercher.

— Je sais qui est Zahera, ça fait une heure que vous me parlez d'elle. Mais qu'est-ce qu'elle vient faire là, elle aussi ?

— En réalité, vous êtes la deuxième personne à qui je raconte tout ça. La première, c'était Zahera.

— Ah. Et alors ?

Face au regard lourd de reproches du vieillard, j'hésitai.

— Et alors, rien, finis-je par dire.

— Dans ce cas, revenons à nos moutons, enfin, à nos chèvres. (Ces mecs-là se payent vraiment des chèvres ? Il afficha une mine de dégoût.) Que faisiez-vous là au milieu du désert ?

— J'aurais dû vous en parler avant, mais je voulais ménager l'effet de surprise.

— Je ne veux pas d'effets de théâtre, monsieur Truc…

— … je m'appelle Machin, coupai-je.

— Je veux la vérité. Je vous l'ai dit. La vérité, rien que la vérité.

— Bien. J'étais là, c'est tout.

— Comment ça « J'étais là, c'est tout » ? À deux mille kilomètres d'Orly !

— J'y suis allé en avion.

— Tous les avions étaient cloués au sol.

— Pas tous. Rappelez-vous les avions des chefs d'État.

— Vous êtes monté dans l'Air France One ?

— Non, non.

— L'Air Force One, alors ? Avec Obama ?

— Non !

— Ne me dites pas que vous étiez dans celui de Poutine !

— Stop ! Arrêtez, vous voulez bien ? Ce n'est pas une devinette ! Je ne suis monté dans aucun de ces appareils. J'ai pris mon avion. Un petit bimoteur Cessna, un coucou que je me suis offert d'occasion après avoir décroché ma licence de pilote privé. J'ai l'habitude de le prendre le week-end ou durant les vacances pour me payer un petit tour dans les airs et oublier les problèmes. C'est fou ce qu'on oublie ses problèmes quand on est là-haut. J'imagine ce qu'a dû ressentir Providence à nager librement entre les nuages. Ça devait être fantastique.

Le vieil homme se frappa le front du plat de la main, comme s'il venait de se rappeler quelque chose d'important.

— Si vous aviez un avion, pourquoi vous n'avez pas accompagné directement Providence au Maroc ?

— Parce que jusqu'à présent, on était encore dans la réalité. Je veux dire une réalité palpable. Je ne croyais pas une seconde que cette jeune femme pourrait s'élever dans les airs à la seule force de ses bras. Mettez-vous à ma place.

— Quand vous voulez. Mais on échange aussi le salaire…

— Une fille entre dans ma tour et me demande de l'emmener à Marrakech et moi je lui réponds « oui, oui, pas de problème, attendez, je prends les clefs de l'avion ». Soyez sérieux deux secondes. Il était hors de question que j'enfreigne la loi et outrepasse l'interdiction de voler dans l'espace aérien.

— Pourtant, c'est ce que vous avez fait…

— L'affaire a pris une tout autre dimension lorsque j'ai vu de mes propres yeux Providence s'élever dans le ciel. J'étais le spectateur privilégié de cet incroyable événement. Et je peux vous dire qu'il n'y avait pas de fils, pas de grue, pas de trucage. On n'était pas dans un film. Providence volait bel et bien dans le ciel comme un oiseau. Un oiseau maladroit, il faut l'avouer. Un poulet, même. Là, dans ma tête, ça a percuté. Il n'y avait plus de loi, plus d'interdiction, plus de supérieurs hiérarchiques qui tiennent. Plus rien. Cette histoire était devenue bien trop importante pour que je reste là, les bras croisés. J'étais en train d'assister en direct à un épisode unique de l'évolution de l'homme. Rappelez-vous les paroles d'Obama : « Un petit battement de bras pour la femme, un grand battement pour l'humanité. » Vous vous rendez compte, un être humain volait pour la première fois ! Et ça se passait là, devant moi. Enfin, au-dessus de moi plutôt. Une fois la stupeur passée, et quand j'ai vu que Providence n'était plus qu'un petit point noir tout en haut dans le ciel, mon cœur est revenu à la charge et j'ai eu peur de la perdre. J'ai eu peur que ce soit la dernière fois que je la voyais. C'est à cet instant que j'ai réalisé que j'en étais tombé amoureux. En quelques secondes. Comme un gosse. Alors, sans me poser de questions, je suis allé prendre le Cessna sur le parking et j'ai décollé. Sans demander l'avis ou la permission de personne. J'en assumais toutes les conséquences. L'énormité du projet me couvrait, d'une certaine manière. Je l'ai suivie à distance, ma petite nageuse de nuages. Je me suis dit qu'elle aurait peut-être besoin de moi et que si jamais il lui arrivait quelque chose, je serais là, prêt à intervenir. Après tout, les cyclistes ont bien leur voiture de ravitaillement à proximité, les navigateurs aussi. J'ai tout vu de cet incroyable voyage. La montgolfière, le ballet des avions présidentiels. Tout. Peu avant d'arriver dans les Pyrénées, j'ai profité de la descente de Providence sur Terre pour réaliser, moi aussi, une escale technique. Ce petit coucou a une autonomie suffisante pour réaliser le voyage d'une seule traite mais mon réservoir n'était pas plein au départ. Je ne vais jamais aussi loin ! Ensuite, j'ai repris la route. Comme je connaissais le cap de ma factrice, et qu'il n'y avait qu'elle dans le ciel ce jour-là, il ne m'a pas été difficile de la retrouver quelques kilomètres plus loin. Tout allait bien jusqu'à ce que nous croisions le chemin d'une tempête au-dessus du Maroc. Quand j'ai vu Providence s'engager dans le nuage, j'ai mis les gaz pour aller à sa rescousse, et je n'ai pas vu le coup de vent venir.

Il avait bien fallu quelques minutes à Léo pour qu'il reprenne ses esprits, pour qu'il se remémore ce qu'il faisait là, aux commandes de cette carlingue fumante, dans son Cessna 421C au nez écrasé dans le sol meuble d'une montagne.

Il avait revu les dernières images précédant l'accident. Providence, bousculée par le nuage de tempête et chutant lourdement vers le sol. Il avait regardé tout autour de lui, mais aucune trace de la jeune femme. Elle avait dû tomber quelques kilomètres devant lui. De peur que l'avion n'explose, il s'était dégagé des décombres et était sorti du cockpit. Ses vêtements étaient déchirés et tachés de sang, mais il n'avait rien de cassé. C'était un miracle. Perdu dans le désert marocain, à des milliers de kilomètres de chez lui, les deux hélices de son bolide en bouillie, il avait imaginé être importuné d'un moment à l'autre par un petit blondinet aux habits d'empereur qui lui demanderait très certainement de lui dessiner un mouton.

Mais c'était un petit Marocain brun aux habits

de berger, vêtu de lambeaux et de sandalettes, qui s'était approché de lui. Le Petit Prince version arabe.

— Je m'appelle Qatada, je suis de la tribu Chleuh numéro 436, avait dit le garçon surpris de voir dans les parages un Noir débarqué de nulle part. Viens-tu de la vallée du Drâa comme tous les descendants d'esclaves qui habitent les régions du Sud marocain ?

— Pas tout à fait. Je m'appelle Léo et je suis contrôleur aérien à Paris.

Qatada l'avait regardé sans trop comprendre.

— Je ne sais pas ce que tu veux dire, mais il n'y a pas de honte à être descendant d'esclaves. Il n'y a pas de roi qui n'ait pas un esclave parmi ses ancêtres ni un esclave qui n'ait un roi parmi les siens.

— Jolie formule, mon garçon, mais tu sais, mon arrière-grand-père était inspecteur des impôts à Pointe-à-Pitre et mon grand-père vendeur de boudin. La seule chose dont ils étaient esclaves, c'était de leur épouse ! Une paire de sacrées bonnes femmes, mes aïeules !

L'enfant semblait plus perdu qu'un pingouin aux Antilles.

— Je suis en train de chasser, avait-il dit pour revenir sur un terrain plus familier. Je me suis éloigné des adultes pour suivre la piste d'un *souffli*.

Disant cela, il avait brandi son long bâton de chasse.

— Un soufflé ?

— Oui. Il est parti par là. J'ai peur qu'il s'envole.

C'était le risque avec un soufflé. Plus ça gonflait, plus ça avait de chances de s'envoler.

— Qu'est-ce que tu fais, toi ? avait demandé le garçon.

— Je... Tu n'aurais pas vu une femme ?

— Une femme ?

— Oui, c'est comme nous, sauf qu'elles n'ont pas de moustache, avait expliqué le Français, qui n'avait jamais croisé la policière d'Orly. Une femme de couleur blanche, les cheveux bruns et très courts... en bikini.

— C'est pas la peine de me la décrire. Il n'y a pas de femme dans le coin. C'est quoi un bikini ?

— Un maillot de bain pour femme.

— C'est quoi un maillot de bain ?

— Eh bien... On va dire, pour simplifier, qu'elle est presque nue. Nue, tu comprends ça, non ?

— Une femme nue ? S'il y a une femme nue dans les parages, alors elle ne devrait pas échapper à Aksim ! s'était exclamé l'enfant en rigolant. Il les sent à des kilomètres à la ronde. Comme les chèvres !

Il avait de jolies dents et une jolie fossette sur la joue droite.

— C'est charmant tout ça... Et où peut-on trouver ce Maxime qui sent les femmes et les chèvres à des kilomètres à la ronde ?

— Aksim ? Il surveille le camp. C'est un paresseux qui ne chasse pas. Papa dit que c'est un « parasite ». Comme un pou. Vous le trouverez derrière ces arbres, là-bas.

Le garçon avait désigné un ensemble d'arbres secs, puis, ne souhaitant pas perdre plus de temps avec l'inconnu, il l'avait salué avant de disparaître entre les dunes de sable à la recherche de son soufflé.

Voilà comment Léo était arrivé au camp chleuh et avait sauvé Providence en donnant une nouvelle fonction au plat de tajine trouvé dans une des tentes.

Pour la deuxième fois de sa vie, la jeune factrice embrassa le bel aiguilleur du ciel. Mais cette fois-ci sur les lèvres. Elle le regarda intensément, comme si ses yeux étaient un appareil photo et qu'elle voulait immortaliser ce moment à jamais. Son cœur battit tous les records de vitesse olympiques dans sa poitrine. « Mon héros », murmura-t-elle, même si c'était un peu mièvre, même si ça rappelait un peu les lignes de dialogue de films à l'eau de rose. Mais ce n'était pas un film. C'était sa vie. Un moment unique dont il fallait profiter, à classer dans son album de moments uniques. Puis, prisonnière de cette agréable étreinte, elle se laissa embrasser à son tour avec une tendresse infinie, submergée par cette odeur de bonté et de savon de Marseille. Et de ces maudits effluves d'ail qui ne la lâchaient plus et la poursuivaient où qu'elle aille.

La fiole de « nuagicide » s'était brisée en mille morceaux et la potion de vie avait été bue par la terre assoiffée du désert. Peut-être que le précieux liquide n'aurait pas agi sur Zahera. Ou peut-être l'aurait-il guérie. Personne n'en saurait jamais rien. Dans le choc, certains éclats de verre s'étaient profondément logés dans la peau de Providence, au niveau de sa cicatrice d'appendicite.

Les chances de sauver Zahera s'amenuisaient.

Tout comme le jour, qui se couchait sagement. Dans une heure, la lune s'élèverait dans le ciel et Providence n'aurait pas tenu sa promesse.

Elle était sans forces, assise sur le sol poussiéreux du sommet d'une montagne au fin fond du Maroc. Elle qui, ce matin, avait descendu ses poubelles, dans son beau quartier de la banlieue parisienne, et s'était rendue à l'aéroport en métro. Ce que la vie pouvait être étrange. Elle regarda autour d'elle et ne vit que le sable et la roche. Il leur fallait reprendre la route. Elle n'avait jamais été aussi près et à la fois si loin. Elle pouvait sentir Zahera respirer dans la vallée. Et alors qu'elle pensait se laisser rouler jusqu'en bas comme un vulgaire sac de légumes, elle entendit des voix, comme une rumeur portée par le vent. Des voix d'hommes parlant arabe. Ils approchaient en rigolant. Providence sursauta et regarda Léo qui était en train de se prendre pour Robinson Crusoé et fabriquait une lance avec un bout de bois à quelques mètres d'elle. Alerté par le bruit, il s'était accroupi derrière un arbuste comme un animal sauvage.

Si c'était la tribu d'Aksim, ils étaient perdus. Éprouvés par leurs accidents respectifs, d'avion ou de chute depuis les nuages, Léo et Providence ne pourraient pas lutter longtemps. Et ils seraient la proie d'une vengeance sans merci de la part du vieil Arabe à l'haleine de dromadaire. Il n'hésiterait pas à tuer le jeune Français pour lui faire payer son geste. Il n'y irait pas avec le dos du plat à tajine, lui.

Dix hommes apparurent bientôt sur des dromadaires, vêtus de djellabas et de turbans (les hommes, pas les dromadaires). La végétation clairsemée ne permettait pas de rester caché bien longtemps, surtout aux yeux d'hommes devenus maîtres depuis des millénaires dans l'art de la chasse.

Ainsi, lorsqu'ils virent cette jolie Européenne en bikini devant eux, accompagnée de ce nomade de la vallée de Drâa habillé comme un Européen, accroupi et armé d'une lance, les nomades crurent qu'ils étaient victimes d'un mirage, comme cela arrivait souvent dans le désert. Ces maudites hallucinations qui leur faisaient prendre des vessies pour des dunes ensoleillées et des oasis pour des lanternes. À moins que ce ne soit le contraire.

Le premier leva la main et aboya quelque chose. La caravane s'arrêta. Providence passa en revue toute la troupe afin d'identifier le vieux dégoûtant d'Aksim. Mais elle ne le trouva pas. Léo n'avait pas non plus trouvé l'enfant, Qatada. Il y avait donc un espoir que ce ne soit pas la même tribu. Même s'il ne devait pas y en avoir trente-six dans les parages (il y en avait cinq cent quarante-six…)

Voilà comment Providence et Léo firent la connaissance, soulagés, de l'imposante tribu Chleuh numéro 508.

Mis au courant de ce qui s'était passé avec la 436, les hommes voulurent aussitôt aller régler leur compte à ces sauvages qui s'en prenaient aux touristes et dégradaient leur image de marque. Pas étonnant ensuite qu'on les caricature comme des pervers écervelés et primitifs dans les films américains.

— Je connais bien ce vaurien d'Aksim, ce fils de chien ! cracha Lahsen, le chef du clan.

Providence aimait le nom de ce valeureux chef. On aurait dit le nom d'un écrivain de polars suédois.

— Ce sera un plaisir de lui clouer le museau à tout jamais.

Mais la jeune factrice l'en dissuada. Pas parce qu'elle éprouvait une quelconque forme de compassion pour son agresseur (pouvait-on parler de syndrome de Stakhalam ? La version marocaine de Stockholm ?) mais parce que le temps leur manquait. Ils devaient se rendre le plus vite possible au chevet de Zahera.

Lahsen dit qu'il était hors de question qu'il les laisse dans le désert et les montagnes, et que ses hommes et lui les accompagneraient jusqu'aux portes de la ville. Il voulait réhabiliter son peuple, beau, honorable, puissant et fier aux yeux des deux Français. On ne pouvait pas les laisser repartir avec l'image qu'on leur avait donnée des Chleuhs. Il claqua des mains et l'on couvrit Providence d'une djellaba aux parements cousus de fils d'or pour l'abriter du vent frais qui commençait à se lever. Il avait les épaules puissantes et les yeux noirs comme la braise, la peau bronzée et les mains d'un homme cultivé. S'il n'avait pas été homme du désert, il aurait été moniteur de ski.

— J'espère que vous ne généraliserez pas, dit le chef du clan. Tous les Chleuhs ne sont pas des chiens comme Aksim.

— Vous savez, il y a des cons partout, répondit Providence. Moi, à la Poste, c'est pareil.

— Et moi, à la tour de contrôle d'Orly aussi. Il y a des gens bien et le chef de tour est un vrai con !

Lahsen ne connaissait ni la Poste ni la tour de

contrôle d'Orly, mais il comprit ce qu'ils voulaient lui dire. Avec cette rencontre, l'honneur des siens était sauf.

— Mettons-nous en route, dit-il en claquant à nouveau des mains.

Le soleil se coucha à ce moment précis, donnant l'impression qu'il exécutait les ordres de l'homme.

Voici comment Léo et Providence se retrouvèrent chacun sur le dos bossu d'un dromadaire, à trotter dans le désert vers l'hôpital. C'était leur première expérience, mais ils ne se débrouillaient pas si mal.

— C'est incroyable tout ça. Je n'en reviens toujours pas, dit l'aiguilleur assis sur son herbivore bringuebalant lorsqu'ils croisèrent le cadavre fumant de son petit avion. Tu es venue jusqu'ici en volant… C'est une histoire de dingue ! Il faudra que tu me racontes comment tu as appris à… à faire ça…

— Si je te dis que c'est grâce à un pirate chinois, un Sénégalais amateur de sandwichs en plastique, et deux, trois moines de Versailles.

— Alors oui, il faudra vraiment que tu me racontes ça ! En tout cas, tu as atteint ton but, Providence. Tu peux être fière de toi. Moi, je le suis. Et puis, tu m'as montré la vie sous un autre angle. Je ne sais pas ce que tout cela va supposer pour toi maintenant. Ni pour moi (il imagina le savon que lui passerait son chef dès son retour). Mais s'il faut te défendre contre des savants prêts à tout pour te capturer et t'enfermer dans un laboratoire d'observation, je suis ton homme.

— J'aurai atteint mon but quand je prendrai Zahera dans mes bras, et quand nous quitterons cet endroit certes fabuleux mais infernal, pour repartir à Paris.

Et, puis, oui, tu es mon homme, voulut-elle ajouter. Mais l'embarras l'en empêcha. Elle se contenta de lui sourire. Perché sur son dromadaire, Léo semblait un seigneur du désert. Balthazar. Un beau Roi mage des temps modernes, en polo Lacoste et en jeans. Il lui rendit son sourire. Le soleil se couchait dans ses yeux.

Situation : Hôpital Al Afrah (Maroc)
Cœur-O-mètre® : 10 mètres

La première personne sur laquelle tomba Providence en poussant la porte du dortoir des femmes fut un homme. Le kiné, Rachid. Il était le seul toléré à cet étage parce qu'étant enfant, il s'était pris une planche cloutée entre les jambes durant une bagarre, le transformant *de facto* en remake vivant et moderne des eunuques des palais des *Mille et Une Nuits*.

Léo, lui, avait eu le choix entre rester au rez-de-chaussée ou aller au deuxième. Il avait préféré s'asseoir sur un vieux sofa aux ressorts déglingués dans le hall d'entrée, en bas, et sur lequel il s'était assoupi au bout de quelques minutes, étranger au drame qui prenait place au premier étage.

— Où est-elle ? demanda inquiète la jeune Française qui ne voyait pas Zahera dans son lit.

— Providence, il faut que je te dise quelque chose. Tu veux t'asseoir ? Tu veux un verre d'eau ? Tu as une sale mine. D'où tu sors ? Ça sent sacrément l'ail, dis !

— Non, je ne veux pas m'asseoir et oui, ça sent

l'ail, répondit avec difficulté la factrice qui n'était pas habituée à traiter plus d'une question à la fois.

C'est vrai qu'elle n'était pas toute fraîche. C'était la fin de tournée, là. Et puis cette djellaba d'homme, en toile grossière et tachée, et qui sentait le dromadaire. Et cette maudite odeur d'ail dont elle n'arrivait pas à se défaire depuis qu'elle s'était réveillée de sa chute.

— Tu me fais peur, Rachid. Où est Zahera ?
— Elle a eu une crise. Une grosse crise.

Elle serra les poings.

— Grosse comment ?
— Grosse comme un coma… Je ne vais pas te cacher que les médecins sont pessimistes quant à ses chances de s'en tirer. Ce coma artificiel, c'était pour la soulager. C'est eux qui l'y ont placée dans l'attente de…
— Dans l'attente de quoi ? le pressa la Française.
— Dans l'attente d'un greffon.
— Et ?
— Et alors, on attend. On attend que quelqu'un meure…
— … Ou que Zahera meure…

Le monde s'écroula tout autour de Providence. Les murs gris de l'hôpital explosèrent et les vitres des fenêtres volèrent en éclats comme sous l'attaque d'un obus de mortier. Le ciel dégringola, entraînant l'étage des hommes situé au-dessus d'eux dans sa chute.

Providence se laissa tomber sur un lit.

Son enfant. Sa petite fille était en train de partir. Elle ne l'avait pas attendue. Elle s'était endormie sans sa mère à ses côtés, seule dans un monde qui ne lui avait jamais rien offert. Seule dans le silence de cette vallée au pied des montagnes et du désert. Seule et loin de tout. Seule et loin d'elle.

Providence venait d'adopter une petite enfant morte, née morte. Une petite princesse dont elle ne ramènerait en France que la dépouille. Dépouillée, oui, de cet éclat de vie. La prochaine fois qu'elle la prendrait dans ses bras, elle bercerait une enfant morte. Et puis, elle reviendrait avec un corps qu'elle pleurerait toute sa vie. Un petit corps dans une petite boîte pas plus grande qu'une boîte à chaussures, qu'elle irait visiter le dimanche dans un cimetière sans vie, gris, comme cet hôpital où elle avait vécu. On l'enfermerait avec son nuage dans une caisse. Une tempête dans une boîte de conserve. Voilà à quoi se serait résumée, en définitive, l'existence de son enfant.

Les yeux de la jeune femme se remplirent de grosses larmes salées qui la brûlèrent dehors et dedans. Elle regarda son corps sale, ses vêtements sales et puants, ses ongles noirs et cassés. Elle se sentait comme si on l'avait lapidée, souillée. Une morte vivante, le cerveau et les os en bouillie. Un tank de guerre venait de lui rouler dessus. Des milliers d'Aksim venaient de la violer sur les cailloux du désert. Elle sentit une douleur vive entre les jambes et dans le dos.

Il s'agissait du syndrome de l'ambulance qui a éteint son gyrophare et sa sirène, car il est trop tard, car il n'y a plus d'urgence. Et le silence de cette ambulance lui explosait aux oreilles.

Elle s'en voulut de ne pas être venue plus tôt, d'avoir perdu son temps à l'aéroport, chez ce maudit Hué puis au monastère. Elle en voulut à ce foutu volcan qui avait décidé de cracher son poison la veille. Après douze mille ans d'inactivité. Comment pouvait-on être si malchanceux ? Comment était-ce possible ?

Providence donna un coup de poing dans le matelas. Un coup de poing qui concentrait toute sa colère et qui ne fit frémir le drap que de manière très légère. Dans le silence le plus total. Elle n'avait plus de force. La femme qui habitait ce lit avait mis sa main sur son épaule. Rachid aussi s'était permis de la prendre par le bras. Mais plus rien ne pouvait amoindrir cette douleur qui venait de lui tomber dessus comme un piano à queue depuis le cinquième étage et lui massacrait le corps, le cœur et l'âme, tout ce qui faisait d'elle un être vivant, une personne. Elle était devenue un objet, incapable de penser, une pierre, un caillou du désert. Son corps n'était plus capable du moindre mouvement. Dans quelques secondes, son cœur ne serait même plus capable de battre et ses poumons de respirer. Elle assistait impuissante et spectatrice à sa transformation progressive en caillou.

Cette petite fille, elle ne l'avait pas enfantée, et pourtant, elle sentait cette douleur aiguë et insupportable au fond de ses entrailles, derrière son estomac et entre ses jambes. Elle avait perdu son bébé. La souffrance lui déchirait les tripes et l'abdomen. Elle se vit mourir là, recroquevillée sur ce lit inconnu, au milieu du désert, à des milliers de kilomètres de chez elle, à des milliers de kilomètres des étoiles et à quelques mètres de sa fille.

Dans un dernier élan de vie, elle porta ses mains à son ventre et, à travers le tissu épais de la djellaba, elle sentit les petits morceaux de verre de la fiole incrustés dans la cicatrice de son appendicite.

La voix du Père supérieur résonna à ses oreilles. *Je ne sais pas si mon breuvage fonctionne. Je ne l'ai jamais essayé sur quelqu'un de malade. Mais s'il marche vraiment, alors une seule goutte suffira.*

Une seule goutte suffira.
Une seule goutte suffira…

Providence bondit du lit comme si l'homme invisible venait de lui flanquer un grand coup de pied dans le derrière. Elle attrapa les bras de Rachid et planta ses yeux couleur miel dans les siens. Le jeune homme connaissait bien ce regard. C'était le regard de sa Providence. Forte, déterminée, battante. Elle avait des étoiles qui brillaient dans ses yeux humides et vous insufflaient l'idée que rien dans ce monde n'était impossible.

— Il faut qu'on essaye quelque chose, Rachid ! s'exclama-t-elle comme un mort qui revient à la vie. Tu vas peut-être trouver ça fou, mais on doit essayer.

Le kiné se demanda de quoi la Française pouvait bien parler. Essayer quoi ? Il n'y avait rien à essayer. La fillette était dans le coma. On ne pouvait qu'attendre. Attendre qu'elle se réveille. Peut-être. Ou que quelqu'un veuille bien mourir pour lui offrir ses poumons.

— Il faut que tu expliques au chirurgien que

j'ai peut-être sur moi un antidote pour sauver Zahera.

— Un antidote ? Providence, je sais ce que tu ressens, mais tu sais très bien qu'il n'existe pas d'antidote pour la mucovi…

— Rachid. Je ne peux pas te raconter maintenant tout ce qu'il m'est arrivé aujourd'hui, mais il faut que tu me croies. Il faut que tu me fasses confiance les yeux fermés et que tu ailles prévenir un chirurgien. J'ai des morceaux de verre dans la peau, les restes d'une fiole qui s'est cassée et qui contenait un élixir destiné à guérir Zahera.

Sur ces mots, elle releva sa djellaba et montra sa cicatrice. Une odeur d'ail envahit d'un coup les sinus de la jeune femme.

Étranger à ces obnubilations olfactives, Rachid remarqua qu'elle portait un joli bikini à fleurs. Et puis qu'elle avait de belles jambes et une jolie taille, mince et musclée. Malgré la gravité de la situation, ce qui était en train de lui arriver dépassait de loin tout ce qu'il avait pu un jour imaginer dans ses rêves érotiques. Si une planchette à clous n'avait pas emporté ce qui faisait de lui un homme, il l'aurait… Bref, il n'aurait jamais fait la connaissance de la belle Française car il n'aurait jamais travaillé à l'étage des femmes.

— Écoute Providence, je ne comprends rien, dit-il, se ressaisissant. Une fiole ? Un élixir ? On n'est pas dans un conte de Merlin l'Enchanteur !

Elle avait perdu la tête, elle pataugeait dans la semoule.

— Ça, je sais, figure-toi ! Dans les contes de fées, les petites filles ne passent pas toute leur vie enfermées dans un hôpital pourri et ne meurent pas étouffées dans d'atroces souffrances d'une saleté de maladie !

Rachid baissa les yeux, gêné.

— Providence...

— Tout ce que je demande, c'est que l'on m'enlève ces bouts de verre, que l'on prélève un peu du liquide qu'ils contiennent et qu'on l'injecte à Zahera. Rien de plus. Une goutte suffira. Qu'est-ce que vous avez à perdre ? Qu'est-ce que ça vous coûte ?

— Tu es sûre de ton coup ?

— Non. Mais tu crois que Pasteur l'était, lui, quand il a testé son vaccin ?

Le kiné se mordit la lèvre puis il leva à nouveau ses yeux vers elle.

— Je vais voir ce que je peux faire.

— Tu es un ange !

Providence le prit dans ses bras et le serra fort contre elle. Des effluves de menthe et de fleur d'oranger lui assaillirent les narines. Rachid sentait bon l'humanité et la galette de pain frais.

— Voilà, conclus-je.
— Voilà quoi ?
— Eh bien, l'histoire est terminée.
— Comment ça, l'histoire est terminée ? Vous ne m'avez même pas dit si elle s'en sortait.
— Zahera ?
— Ben oui, Zahera. Qui d'autre ?
— Zahera, oui. Elle s'en sort, répondis-je, le regard perdu dans le vide.

Je sentis que mes poings se serraient, malgré moi, et mes yeux se remplirent de larmes. J'essayais de retenir cette colère et cette immense tristesse au fond de moi-même.

— Pourquoi vous faites cette tête-là ?
— ...
— Il y a quelque chose qui ne va pas ?
— Ce que je viens de vous raconter, c'est l'histoire telle que je l'ai racontée à Zahera, trouvai-je la force de répondre.

Je fis une pause et en profitai pour avaler ma salive.

— Tout ça, c'est ce que j'ai raconté à Zahera... pour justifier l'absence de sa maman.

— L'absence de Providence ? Qu'est-ce que vous voulez dire ? demanda le coiffeur assailli par un terrible doute.

Je repris ma respiration et soufflai profondément.

— Celui qui meurt dans le film n'est pas toujours celui que l'on croit. C'est parfois les gens en bonne santé qui partent en premier, avant les malades. Comme quoi, il faut profiter de la vie, de chaque seconde, de chaque instant...

— Qui est mort ? me demanda le coiffeur. Je ne vous suis pas, là.

— Je ne vous ai pas dit toute la vérité.

— Sur quel point ? Le pirate chinois ? Ping et Pong ? L'extraordinaire voyage de Providence dans les nuages ? Le violeur de chèvres ? L'homme le plus puissant de la Terre qui mange des sandwichs sous vide ? Sur ce dernier, je suis un peu sceptique à vrai dire.

— Sur tout.

Le coiffeur n'en revenait pas.

— Je ne comprends pas. Et qui est mort ?

Moi non plus, je n'en revenais pas, j'étais à deux doigts de confesser ce terrible secret qui me tordait les entrailles depuis ce matin-là. Le moment que j'avais tant attendu était enfin arrivé.

— J'ai tout inventé pour préserver la petite, dis-je en ignorant sa question.

Une violente douleur secoua mon estomac, comme si j'avais reçu le plus puissant uppercut de Mike Tyson. Je relevai la tête et regardai mon interlocuteur droit dans les yeux. Il méritait que je lui dise les choses en face.

— Si je suis entré dans votre salon, ce n'est pas pour me faire couper les cheveux, repris-je. J'avais besoin de raconter à quelqu'un ce qui m'empêche de dormir depuis un an, ce qui me hante, ce qui me donne les pires cauchemars de ma vie. Parce que les pires cauchemars, ce sont ceux que l'on a les yeux ouverts, en plein jour, ceux qui nous guettent à chaque coin de rue, qui s'immiscent dans notre esprit quand on mange, quand on lit, quand on discute avec des amis, quand on travaille. Ceux qui ne vous lâchent jamais.

— Vous me faites peur…

— Ne m'interrompez pas, s'il vous plaît. Je vais essayer de vous dire les choses telles qu'elles sortent. C'est très dur pour moi. Ce moment, j'y ai pensé tant de fois que c'en est devenu une obsession. Tant de fois, je vous ai imaginé, j'ai imaginé ce salon de coiffure, j'ai imaginé ce jour. Vous comprenez, il fallait que je me confie à quelqu'un. Mais pas à n'importe qui. Quelqu'un qui aurait été touché lui aussi par cette tragédie. Quelqu'un qui serait concerné par mon malheur, qui le partagerait, et pourtant qui ne pourrait jamais devenir mon ami. Car je sais que dans quelques instants, je serai la personne que vous détesterez le plus sur cette Terre. Et je suis prêt à en payer le prix. Il fallait que j'explique mon geste. Il fallait que je VOUS explique mon geste. Pour que vous ne restiez pas assailli par cette question toute votre vie : Pourquoi ce contrôleur aérien a-t-il donné l'autorisation de décoller à cet avion alors qu'un nuage de cendres menaçait le ciel français ? Pourquoi est-il allé à l'encontre des mesures de sécurité prises par la Direction de l'aviation civile ? Et pourquoi n'a-t-il autorisé qu'un seul avion à voler ce jour-là, précisément celui dans lequel se trouvait mon frère ?

Le coiffeur commençait à comprendre. Un rouleau compresseur de dix tonnes était en train de lui rouler lentement sur le corps. Un rouleau compresseur qui prenait bien le temps de lui écraser les jambes, la poitrine et la tête.

— J'ai mis six mois pour retrouver la trace d'un parent d'une victime du vol Royal Air Maroc AT643, continuai-je, et six autres pour me décider à venir vous voir. Votre frère Paul était dans ce vol. Comme vous me l'avez dit quand je me suis assis sur ce fauteuil, il partait pour des vacances au soleil. De courtes vacances qu'il n'aurait jamais imaginées aussi longues. Des vacances interminables. Ce matin-là, le Boeing 737-800 a bien décollé pour Marrakech, à 06 h 50, avec seulement cinq minutes de retard. Les conditions météorologiques étaient parfaites. Juste un peu de vent croisé, mais rien de bien méchant. Il s'est envolé de la piste 24, sans autre particularité. Vous commencez à comprendre, n'est-ce pas ? Si j'ai donné l'autorisation à cet avion de décoller, c'est parce que Providence se trouvait à bord… J'aurais dû être assis à côté d'elle. Il y avait quelque temps que nous sortions ensemble et nous étions déjà fous amoureux l'un de l'autre. Zahera, c'était devenu une histoire à deux, une histoire à trois, notre bataille à nous pour la ramener en France. On m'a rappelé au dernier moment au travail à cause de l'événement, ce foutu nuage de cendres. Le chef de tour prévoyait une journée désastreuse et il n'avait pas assez d'effectifs. La majorité était à l'étranger, en vacances, il ne pouvait donc pas les rappeler. Il n'a rien voulu savoir sur le rapatriement de Zahera, sur ce que cela signifiait pour moi d'accompagner Providence ce matin-là. Le boulot passe avant la vie privée, m'a-t-il dit, à moins que vous ne souhaitiez faire une croix sur votre carrière. Mon chef est un vrai con, je vous l'ai dit. Bref, j'ai expliqué à Providence qu'elle devrait y aller seule. Que je m'arrangerais pour prendre un vol dès que le calme serait revenu. On ne prévoyait pas plus d'une journée de bordel. Il fallait que Providence parte, qu'elle aille voir sa fille. L'hôpital nous avait avisés quelques jours avant que la petite était dans un état critique. On ne pouvait pas retarder. Elle s'en serait voulu toute sa vie si elle n'avait pas été là-bas, avec elle, si Zahera avait… Enfin, vous comprenez… Voilà pourquoi j'ai donné le feu vert au pilote, malgré les consignes. Voilà pourquoi c'est le seul vol qui a décollé d'Orly ce jour-là. Je ne pensais pas que… En fait, je pensais qu'il passerait entre les mailles du filet, que le risque était surestimé. Mais j'ai appris à mes dépens, et à ceux de la femme de ma vie, que l'on n'essaie pas de dompter les nuages sans en payer le prix. À l'école des contrôleurs aériens, à Toulouse, on apprend à dompter les avions. Mais rien ne nous prépare aux nuages, aux nuages invisibles, aux nuages de cendres. Je suis navré que votre frère se soit trouvé dans cet avion. Comme vous le savez, il s'est écrasé peu avant d'arriver au Ménara, l'aéroport de Marrakech. Ils ont découvert par la suite que des particules de cendres avaient été aspirées par les réacteurs, sans doute dans le ciel français… C'est moi qui ai tué Providence… et Paul…

— …

— Je ne vis plus que pour Zahera dorénavant. Elle m'a été confiée en attendant que j'officialise tout cela. Je la considère comme ma fille, vous savez, même si cela fait peu de temps que nous nous connaissons. L'amour de Providence pour elle était tel qu'elle a su insuffler le même en moi. Providence, elle avait l'amour contagieux. Je vais m'assurer qu'elle deviendra la première pâtissière-spationaute du monde. J'ai déjà commencé sa formation. Enfin, en ce qui concerne la partie aérospatiale, j'entends. Je suis nul en pâtisserie… Je serais déjà heureux si elle devenait juste spationaute… On va commencer par un petit voyage en Chine, même si elle a désormais compris que ce ne sont pas les Chinois qui fabriquent les étoiles. Mais elle tenait à y aller. Parce que ce pays l'a toujours fascinée. Vous savez, je l'ai retrouvée dans son dortoir, deux jours après le drame. Les médecins l'avaient placée dans un coma artificiel. Pour lui éviter des souffrances. En attendant qu'elle s'éteigne. Ils n'avaient aucun espoir. En apprenant le décès de Providence, j'ai aussitôt pris les mesures nécessaires pour qu'elles soient transférées toutes les deux à l'hôpital international de Rabat, un nouvel établissement à la pointe de la technologie. Les meilleurs appareils, les meilleurs médecins. Ils n'ont rien à envier aux Français. De son vivant, Providence avait donné son accord pour qu'on lui prélève ses poumons au cas où il lui arriverait quelque chose, au cas où il arriverait quelque chose comme ça. Les médecins ont greffé les poumons de Providence sur sa fille. Une première au Maroc. On m'a expliqué qu'ils ont dû couper une partie des organes pour qu'ils puissent tenir dans la poitrine de Zahera, beaucoup plus petite. C'est complexe de caser des organes d'adulte dans un corps d'enfant. Ils font des choses incroyables maintenant. Une chance que je nous aie pris des places au dernier rang de l'avion. Ça prend plus de temps pour sortir à l'arrivée, mais c'est l'endroit de l'avion le plus sûr. Une habitude chez moi. Grâce à ça, le corps n'était pas trop abîmé. Les poumons de Providence, voilà tout ce qu'il me reste d'elle, dans la petite poitrine de Zahera. La respiration de Providence. La première chose qu'a faite la petite en se réveillant a été de me demander où était sa maman. Si moi j'étais là, Providence devait forcément être dans les parages. Je n'ai pas eu la force de lui dire la vérité. C'était déjà dur de lui dire qu'elle ne la reverrait plus jamais, qu'elle était décédée, partie au paradis des mamans, et qu'à l'heure qu'il était, elle était peut-être en train de jouer aux cartes avec son autre maman, celle qui l'avait mise au monde. Alors, avant même que je m'en aperçoive, j'ai commencé à inventer. La rencontre avec le distributeur de tracts en pyjama orange, le sorcier sénégalais. Elle avait les yeux qui brillaient tellement que je n'ai pas pu revenir en arrière. J'ai inventé toute cette histoire, phrase par phrase, comme l'on déroule une bobine de laine, sans savoir où j'allais. Je pensais que ce serait plus facile pour elle d'accepter ça. D'accepter qu'elle ne reverrait jamais plus sa maman. J'ai inventé toute cette histoire de moines, de vol à travers les nuages, de Berbères. J'ai terminé en lui disant que sa maman n'avait pas survécu à l'opération visant à lui extraire les petits morceaux de fiole dans son corps, que l'ail était entré en elle et l'avait tuée, car elle était très allergique à l'ail. J'ai dit n'importe quoi. Je sais que c'est un peu enfantin, mais Zahera est une enfant après tout. Et puis, je voulais qu'elle soit fière de sa maman. Même si la vérité l'aurait rendue aussi fière. Mais je trouvais que c'était une mort conne, une mort pour rien. Un accident d'avion. Je voulais qu'elle garde un souvenir impérissable d'elle.

Je me tus. Je ne savais plus quoi dire. Il n'y avait plus rien à dire. Je pensais surtout que le vieillard allait se lever, saisir ses ciseaux et me les enfoncer dans le cœur avec rage. Au lieu de cela, il resta immobile, les yeux posés sur le miroir en face de lui. Il semblait en proie à une grande tempête intérieure de la puissance de deux bombes atomiques.

— Ne me dites pas que vous avez cru l'histoire que je viens de vous raconter ! dis-je afin de me dédouaner en partie. L'envol de Providence, les moines jouant à la pétanque avec des tomates vertes, le ballet des avions présidentiels dans le ciel, c'était quand même un peu gros…

— Pour vous être sincère, la partie de pétanque ne paraissait pas trop crédible, ironisa le coiffeur en détournant son regard vers la fenêtre.

— Je vous avais prévenu pourtant.

— Prévenu ?

— Oui, dans l'épigraphe de ce livre, j'avais mis la citation de Boris Vian. Le lecteur peut confirmer.

— Quelle citation ?

— *Cette histoire est entièrement vraie puisque je l'ai inventée d'un bout à l'autre.*

— Désolé, mais je ne lis jamais les épigraphes.

— Eh bien, vous auriez dû.

— Trêve de plaisanterie, vous savez, la mort d'un être cher vous fait parfois croire n'importe quoi. Regardez ces épouses meurtries, pourtant intelligentes, qui se laissent embobiner et charmer par le premier charlatan venu leur promettant d'entrer en contact avec leur amour défunt. Si vous avez inventé toute cette histoire pour Zahera, pourquoi en ai-je entendu parler, je veux dire, de la femme qui volait ? J'ai lu plusieurs articles à ce sujet au moment des faits.

— La fée à la 4L jaune, c'est moi qui l'ai inventée de toutes pièces. J'étais obligé. Je savais que Zahera consulterait son ordinateur à ce sujet, qu'elle chercherait à comprendre. Si un tel événement s'était bien produit, cela ne pouvait pas ne pas apparaître sur la Toile. Alors j'ai trouvé un site spécialisé en moteurs de recherche. Ils sont capables de classer des sites sur Internet, en déclasser d'autres selon si vous souhaitez plus ou moins de visibilité. J'ai écrit plusieurs articles avec ma version, une version allégée et romancée, et je les leur ai passés. Je me rappelle encore le jour où Zahera m'a montré toute fière un des articles que j'avais moi-même écrits. J'en avais les larmes aux yeux. Elle était convaincue que sa maman était une fée, cette Fée Clochette que le monde entier avait acclamée pendant son voyage dans les nuages. Tout comme elle avait cru un jour que les étoiles étaient fabriquées en Chine. C'est beau, l'enfance.

— Je vois, dit simplement l'homme.

— Je sais que vous m'en voulez. Je m'en veux aussi. Je suis responsable de la mort de cent soixante-deux personnes, dont l'amour de ma vie. Je ne pourrai jamais m'en remettre. Jamais. Je vis avec cela chaque jour. Je pense à cela chaque fois que je me regarde dans un miroir, dans la vitre d'un magasin.

Je sortis une petite médaille de ma poche. La médaille du Mérite remise à ma femme à titre posthume.

— Pour ça, je n'ai pas menti. Elle l'a eue sa décoration. Pas épinglée sur un bikini, plutôt sur un coussin posé sur un cercueil. Mais elle l'a eue.

Le coiffeur se leva enfin. Il fit le tour de mon siège, s'approcha de la tablette en verre accrochée à mon miroir et s'empara de sa paire de ciseaux. Ça y est, il allait se venger de l'homme qui avait tué son frère. Un an après, il allait enfin pouvoir faire son deuil. Laisser éclater cette haine, cette frustration qui avait dû le détruire peu à peu.

Mais, à ma grande surprise, il replongea ses mains dans ma tignasse bouclée et reprit son travail comme si de rien n'était.

— Vous savez, il y a un truc qui s'appelle le rasoir d'Ockham, dit-il, et c'est pas un truc de coiffeur (je vis qu'il avait les yeux rouges et qu'il tremblait comme une feuille, comme s'il contenait lui aussi l'explosion d'une grande colère ou d'une grande tristesse). Ça veut juste dire qu'entre deux explications, je prends la plus plausible, c'est tout.

— Je comprends.

— Je ne pense pas, monsieur Truc. Maintenant, c'est à vous de m'écouter et de ne pas m'interrompre. Ma vie m'a appris que la vengeance ne servait à rien. Qu'elle était aussi inutile qu'un crayon de couleur blanc. Les choses sont ce qu'elles sont. Mon frère est parti. Et rien ne pourra le faire revenir. Ni des excuses, ni des explications, ni des coups. C'est une loi de la nature. Votre mort même ne le ferait pas renaître. Je pense que vous payez déjà assez cher votre geste. La mort de tant de personnes sur la conscience doit être un bagage lourd à porter pour de si jeunes épaules. Vous savez, je vais peut-être vous étonner, mais je ne crois pas une seule seconde à votre histoire de crash.

— De crash ?

— L'avion qui se crashe avec Providence et mon frère à bord. L'accident causé par les cendres du volcan. Je crois que la véritable histoire de ce qui s'est passé ce jour-là, c'est celle de Providence qui a appris à voler, et qui y est parvenue. Vous pensez peut-être que tout le monde possède un esprit étriqué, que nous sommes tous des incrédules, des mécréants. Des hommes de peu de foi. Comme vous. Des ingénieurs incapables de rêver, incapables de croire en des choses qui ne répondent pas à une logique, qui ne répondent pas aux lois de la physique. Vous ne pensez pas que j'ai besoin d'être ménagé, moi aussi ? Préservé, comme Zahera ? J'y crois, moi, à votre pirate au pyjama orange, votre Chinois sénégalais qui bouffe des yaourts de Lidl, les moines de l'usine Renault qui jouent à la pétanque avec des tomates vertes.

J'y crois. Parce que ça me fait du bien d'y croire. Même si je sais que c'est faux, que ce n'est que de l'imagination. Comme ces millions de gens qui croient en un dieu qu'ils n'ont jamais vu et qui n'a jamais rien fait pour eux. Et le fait que Providence ait déplacé des montagnes pour rejoindre sa fille, qu'elle ait réussi à dompter les nuages, qu'elle ait appris à voler, j'y crois aussi. Parce que ça me donne de la force. La force d'avancer. Quand vous m'avez décrit le voyage, j'avais l'impression d'être avec elle dans les nuages. D'une certaine manière, vous m'avez appris à voler. J'ai rêvé avec vous. C'est cela qui nous distingue des animaux, monsieur Bidule. C'est que nous, les humains, on rêve !

L'homme déposa ses ciseaux sur la tablette en verre et sortit un petit blaireau d'un tiroir avec lequel il me balaya la nuque et le front.

— Votre histoire, elle est belle, mais elle n'a pas de fin, ajouta-t-il. Providence entre dans le bloc opératoire pour qu'on lui enlève les morceaux de fiole qui se sont incrustés dans sa peau, n'est-ce pas ? Et puis quoi ? Vous ne pouvez pas en rester là.

— Je vous l'ai dit, Providence meurt…

— Grossière erreur, jeune homme. L'héroïne ne meurt jamais, vous devriez savoir cela. Dans les bons livres et les bons films, les histoires terminent toujours bien. Les gens qui se battent dans la vie ont besoin d'histoires qui finissent bien. On a tous besoin d'espoir, vous savez. Mon frère Paul, il n'aurait pas aimé que ça se termine comme ça. S'il était encore là, il vous le dirait, avec sa grosse voix et ce beau sourire qui ne quittait jamais ses lèvres. Je vais vous raconter la véritable fin de cette histoire, moi, monsieur Chose…

— … Machin.

— Bref, monsieur Bidule, fermez les yeux. Nous retournons au Maroc.

Le premier mot que Providence entendit en ouvrant les yeux (et les oreilles) fut un drôle de mot. *Poissons-chats*. Mais avant qu'elle ait le temps de se demander ce que cela pouvait bien signifier, une petite douleur aiguë se réveilla dans son flanc droit.

La lumière, qui l'aveuglait, ne tarda pas à s'atténuer et elle vit qu'elle était dans un dortoir d'hôpital et qu'elle portait un gros pansement au niveau de l'aine, sous son pyjama de papier bleu. Elle avait la désagréable impression d'avoir déjà vécu cette scène auparavant. Pendant quelques secondes, elle eut peur que tout ce qu'elle avait vécu depuis la première fois qu'elle était arrivée ici pour son appendicite ne soit que le fruit d'un long rêve comateux. Son histoire d'amour avec Zahera, tous ces allers et retours, la procédure d'adoption qu'elle avait enfin réussi à gagner, son extraordinaire aventure dans les nuages. Son cœur se mit à battre dans sa poitrine comme un chameau au galop. Non, elle ne pouvait pas être revenue en arrière comme ça. Elle chercha du regard quelque chose qui pût la conforter. Quelque chose de nouveau. Quelque chose qui n'ait pas fait partie de ses souvenirs d'il y avait deux ans.

Dans le lit voisin reposait Zahera, les yeux ouverts, qui la regardait sans rien dire. Assis à ses pieds se tenait Rachid qui lui souriait.

Rachid ?

Dans son souvenir, c'était Leila qui accompagnait la fillette lorsqu'elle s'était réveillée pour la première fois dans ce dortoir. Elle n'avait donc pas rêvé. La journée de fou, les moines, l'envol, son fabuleux voyage, les Chleuhs, même Aksim, qu'elle aurait préféré oublier et dont elle sentait encore le poids de la main sur son sein droit. Et Léo, aussi. Surtout Léo.

— Ma chérie ! s'exclama Providence, des petites larmes au coin des yeux, avant de glisser d'un coup sur ses joues blanches. Je suis tellement heureuse de te voir. Si tu savais...

Le destin les avait réunies à nouveau. Mère et fille.

— On dirait que tu as eu une nouvelle crise d'appendicite ! plaisanta Zahera en signalant le pansement de Providence que l'on voyait en transparence sous le pyjama.

La jeune Française hoqueta. Un sourire dans un sanglot.

— Je t'ai dit que pour toi, je serais prête à avoir toutes les appendicites du monde s'il le fallait...

— Le nuage est parti, maman, dit la petite fille redevenue sérieuse.

— Tu le sens ?

— Justement, je ne le sens plus. J'ai l'impression que l'on m'a enlevé ce coussin que l'on me comprimait sur la bouche.

Providence tendit sa main vers celle de Zahera. Sa petite fille. C'était la première fois qu'elle la voyait sans masque, tranquille, apaisée, sans bouteille d'oxygène. Elle respirait normalement. Le bruit d'un soupir, silencieux. Majestueux. Elle n'avait pas de chaussette non plus, et son pied dépassait des draps. La Française n'y avait jamais prêté attention. Elle compta à nouveau les doigts de pied de la fillette. Une manie chez elle. Il y avait bien six orteils. Six orteils au pied gauche.

— Dis, je n'avais jamais remarqué que tu avais six orteils.

La fillette la regarda, gênée, et rabattit le pan de drap sur son pied.

— ...

— Alors ça, dit Rachid. Je n'avais jamais fait attention non plus ! C'est incroyable !

Et tout le monde regarda les draps. Zahera s'était évertuée toute sa vie à cacher cela à son entourage et voilà que son secret inavouable éclatait au grand jour. Elle détestait son pied pour cela. C'était une anomalie, une malformation. Quelque chose qui la séparait encore plus des autres. Et puis montrer ses pieds, qu'ils soient normaux ou pas, c'était montrer la partie la plus laide de son corps aux autres. C'était peut-être pousser l'intimité un peu loin.

— Tu as ça aux deux pieds ?

— Juste au pied gauche, répondit la fillette.

— C'est fou. Moi, j'ai ça au pied droit ! s'exclama Providence en dégageant son pied droit du drap.

— Alors ça ! cria Rachid qui n'en croyait pas ses yeux. Toi aussi !

Leila, qui venait d'arriver, éclata de rire, cachant ses grandes dents blanches, comme à son habitude, derrière la manche de sa blouse. La petite fille rit à son tour, soulagée de ne pas être si différente que cela après tout. Le pied droit de Providence, le pied gauche de Zahera. Elles se complétaient.

— J'ai maintenant trouvé une explication à mon sixième doigt de pied, lança la Française. C'est parce que nous avons été façonnées dans le même bloc de terre glaise toutes les deux ! Si avec ça, on dit que je ne suis pas ta mère !

Tout le monde rit et le bonheur envahit le dortoir et les malades.

— Ce serait intéressant de calculer la probabilité que deux personnes dotées de six orteils se rencontrent ! pensa Rachid tout haut.

Providence remarqua que cette pernicieuse odeur d'ail qui l'avait poursuivie depuis le désert jusqu'ici avait disparu. Elle soupira, heureuse, sans plus se poser de questions à ce sujet.

— Tu vois, j'ai tenu ma promesse, dit-elle à Zahera. La lune devrait se lever d'une minute à l'autre.

— Maman, il y a longtemps que la lune s'est levée, répondit l'astronome en herbe en montrant la fenêtre.

Il faisait nuit noire dehors.

Un frisson parcourut le corps de Providence. Que c'était bon d'entendre ce mot ! *Maman.*

— Tu sais, au début, j'ai pensé que tu m'avais oubliée. Je t'ai attendue. Toute la journée. C'était un jour important pour moi.

— Je sais, ma chérie. Pour moi aussi. C'est inexcusable. J'aurais dû être là ce matin, comme je te l'avais promis. J'aurais même dû être là bien avant. Bien, bien avant. Mais tu sais, les mamans téléguidées, des fois, ça a des défauts…

— Si je ne t'avais pas, je te commanderais pour Noël. Léo m'a tout raconté quand tu dormais.

Les paupières de Providence tremblèrent.

— Qu'est-ce qu'il t'a raconté ?

— Tout. Ta course dans tout Paris pour trouver de l'aide. Le maître chinois africain. Les drôles de moines. Et puis ton fabuleux voyage dans les nuages. Ton vol pour tenir ta promesse. Tu étais morte de fatigue et tu as volé pour moi. Pour venir me chercher alors que plus aucun avion ne décollait. Il m'a dit que tu es allée si haut que tu aurais pu décrocher les étoiles. Pas mes étoiles phosphorescentes (elle montra le plafond de son petit doigt), non, les vraies. Les étoiles *Made in China*, celles dont je croyais auparavant que les Chinois inondaient l'espace pour notre plus grand bonheur. Je suis tellement fière d'avoir une maman comme toi. Je me suis sentie aimée quand il m'a dit tout ça. Dans mes rêves, les fées volent en Renault jaune ! Dis, tu me feras faire un tour dans ta voiture bananisée de la Poste ?

— Tu veux dire *banalisée* !

— Non, BA-NA-NI-SÉE, répéta Zahera, parce qu'elle a la couleur de la banane !

Providence sourit. Un air rayonnant venait de se poser sur son visage comme un papillon, comme si quelqu'un venait de changer de chaîne d'un coup de télécommande, passant d'un film émouvant à une comédie.

Une infirmière s'approcha d'elle.

— Providence, les médecins sont comme des fous. Ils ne s'expliquent pas ce qui est arrivé. Mais ça a marché. Ils veulent savoir ce que c'est et d'où ça vient.

La Marocaine lui expliqua que quelques secondes après que le chirurgien avait fait avaler à Zahera une goutte du produit récupéré dans les débris de verre logés dans la peau de la Française, un bout de nuage était apparu au fond de sa gorge. Il était remonté à la surface, doucement, comme un ver solitaire, jusqu'à la glotte. Et ils n'avaient plus eu qu'à l'attraper, avec une simple pince à épiler. Pas d'aspirateur, pas de filet à papillons ni de canne à pêche. Une simple pince à épiler pour extirper d'une poitrine d'enfant un nuage grand comme la tour Eiffel. Un nuage de trois cent vingt-quatre mètres.

Tout cela dépassait l'entendement. Le vol dans les nuages. Et maintenant, l'antidote. Il y a belle lurette qu'elle avait arrêté de se poser des questions.

— C'est un puissant « nuagicide » ! répondit simplement la jeune factrice. C'est un ami qui me l'a donné. Un homme puissant qui s'est reconverti dans le textile au fromage.

— Un « nuagicide » ? Du textile au fromage ?

— Un « nuagicide », c'est comme un insecticide, mais c'est pour tuer les nuages. Et du textile au fromage, c'est des habits à la tomme de chèvre, comme son nom l'indique.

— Bien sûr, ajouta Rachid, comme si c'était évident, des habits à la tomme de chèvre...

Le kiné pensa que Providence était devenue folle. Combien de fois avait-il pensé cela d'ailleurs depuis qu'il la connaissait.

— Ah ça, pour tuer, ça ne tue pas que des nuages ton truc. Ça puait l'ail dans le bloc, tu ne peux pas t'imaginer ! Un véritable concentré d'ail ton « nuagicide ».

— C'était donc ça, murmura la jeune factrice perdue dans ses pensées.

L'odeur qui l'avait poursuivie jusqu'à l'hôpital n'était autre que le précieux liquide ambré que contenait la fiole qui s'était cassée contre sa peau. Ironie du sort. Ce qui était un poison pour elle avait été l'antidote qui avait guéri sa fille.

— Pauvre Léo ! s'exclama d'un coup Providence.

— Quoi, c'est la tomme de chèvre qui t'y fait penser ? plaisanta Rachid. Pas sympa pour lui.

Et tous les cinq éclatèrent de rire.

— Arrête un peu. Il m'attend encore en bas, dans le sofa déglingué ? Quelle heure est-il ?

— 21 h 00, répondit Rachid. Mais ne t'inquiète pas. On s'est bien occupé de lui. Il a dîné et en ce moment, il est en train de donner un cours magistral de contrôle aérien à l'étage des hommes. C'est fascinant ce métier. C'est un véritable chef d'orchestre des cieux. Au fait, tu savais qu'un aiguilleur du ciel était responsable de plus de vies humaines durant une seule journée de travail qu'un médecin durant toute sa carrière ? Hallucinant.

Providence pensa qu'elle se contenterait qu'il soit désormais responsable de deux vies humaines seulement. La sienne et celle de Zahera. Elle demanda à Rachid d'aviser Léo qu'elle l'attendait en zone mixte, en bas, à la réception. Puis elle prit congé des infirmiers et de sa fille.

Lorsqu'elle vit son bel aiguilleur du ciel, elle fut dévorée par l'envie qu'il la prenne dans ses bras, qu'il l'embrasse, là, tout de suite, mais le lieu ne tolérait pas de telles démonstrations d'amour.

Alors elle sourit. Dans son cœur, il y avait sa fille, mais il y avait aussi de la place pour un homme. Un grand homme. Le cœur est une grande armoire dans laquelle on enferme tous ceux que l'on aime pour les avoir toujours en soi et les trimballer partout avec soi dans la vie. Un peu comme la petite plante verte de Léon, le tueur à gages, ou ces moines tibétains pas plus grands que des porte-clefs. Oui, il y avait de la place pour cet homme exceptionnel qui avait cru en elle et permis ce rêve. Un héros. Un compagnon de vie pour elle, un père pour Zahera.

Puis, n'y tenant plus, et comme s'ils avaient été seuls au monde, les deux amants s'enlacèrent, là, dans le hall de cet hôpital miteux entre le désert et les étoiles.

— Ça vous plaît ? me demanda le coiffeur, me sortant de mon songe.

— Si seulement ce que vous venez de me raconter s'était passé... Je donnerais tout au monde pour que ce soit vrai.

— Le plus important est ce en quoi vous croyez. Que ce soit la vérité ou pas. La croyance est parfois plus forte que la réalité. Et puis il faut prendre la vie telle qu'elle est. Avec ses beautés et son plus grand défaut.

— Son plus grand défaut ?

— La mort. Car la mort fait partie de la vie. On a tendance à l'oublier. Tant qu'on y est, continuons un peu à rêver, dit le coiffeur alors qu'une larme glissait sur ma joue. Imaginez. Quelques jours ont passé. Nous nous trouvons dans la salle de cérémonie de la mairie du 18e arrondissement de Paris. Vous êtes là. Mon frère Paul est là aussi. Zahera est assise au premier rang, aux côtés de Leila et Rachid, qui ont fait le voyage pour l'occasion. Debout à côté de vous, Providence est resplendissante. Son sourire illumine la pièce. Le maire réajuste son écharpe tricolore puis s'éclaircit la gorge. Il a un regard bienveillant, paternel, et un faux air de Gérard Depardieu.

« Léo Albert Frédéric Oscar Bidule... » commence-t-il.

« ... C'est Machin, Monsieur le Maire », coupez-vous.

« Ah oui, pardon. Léo Albert Frédéric Oscar Machin, consentez-vous à prendre pour épouse Providence Éva Rose Antoinette Dupois ici présente ? »

« Oui, je le veux. »

« Providence Éva Rose Antoinette Dupois, consentez-vous à prendre pour époux Léo Albert Frédéric Oscar Truc... »

« ... C'est Machin, Monsieur le Maire », interrompt cette fois-ci Providence.

« Vraiment, je ne m'y ferai jamais. Je suis vraiment confus. Providence Éva Rose Antoinette Dupois, consentez-vous à prendre pour époux Léo Albert Frédéric Oscar Machin ici présent ? Et par conséquent à prendre son terrible nom avec ? »

« Oui, je le veux », dit Providence en souriant à la blague du maire.

« Au nom de la loi, je vous déclare mari et femme. »

REMERCIEMENTS

Je remercie Adeline, la fille terrestre-extra, dont les conseils éclairés ont été autant d'étoiles en plastique phosphorescent. Je remercie Angélique, pour m'avoir fait frapper à la bonne porte. Je remercie Dominique pour l'avoir ouverte, et sans qui mon fakir et mes rêves d'écrivain seraient restés à jamais coincés au fin fond de mon armoire Ikea…

*Du même auteur
aux éditions Le Dilettante :*

*L'extraordinaire voyage du fakir
qui était resté coincé dans une armoire Ikea*, 2013

Re-vive l'Empereur !, 2015

Le Livre de Poche s'engage pour
l'environnement en réduisant
l'empreinte carbone de ses livres.
Celle de cet exemplaire est de :
300 g éq. CO$_2$
Rendez-vous sur
www.livredepoche-durable.fr

Composition réalisée par Nord Compo

Imprimé en France par CPI
en décembre 2015
N° d'impression : 3015048
Dépôt légal 1re publication : février 2016
Librairie Générale Française
31, rue de Fleurus - 75278 Paris Cedex 06

14/3624/9